少年与海

[英]鲁德亚德·吉卜林——著　霍彦京——译

CAPTAINS COURAGEOUS

JOSEPH RUDYARD KIPLING

哈尔滨出版社
HARBIN PUBLISHING HOUSE

图书在版编目（CIP）数据

少年与海 /（英）约瑟夫·鲁德亚德·吉卜林著；霍彦京译. — 哈尔滨：哈尔滨出版社，2019.5
ISBN 978-7-5484-4562-3

Ⅰ. ①少… Ⅱ. ①约… ②霍… Ⅲ. ①儿童文学－长篇小说－英国－现代 Ⅳ. ①I561.84

中国版本图书馆CIP数据核字（2018）第302776号

书　　名：少年与海
SHAONIAN YU HAI

作　　者：[英] 约瑟夫·鲁德亚德·吉卜林 著　　霍彦京 译
责任编辑：王婉竺　赵 芳
责任审校：李 战
封面设计：象上品牌设计

出版发行：哈尔滨出版社（Harbin Publishing House）
社　　址：哈尔滨市松北区世坤路738号9号楼　　邮编：150028
经　　销：全国新华书店
印　　刷：北京京丰印刷厂
网　　址：www.hrbcbs.com　　www.mifengniao.com
E-mail：hrbcbs@yeah.net
编辑版权热线：（0451）87900271　87900272
销售热线：（0451）87900202　87900203
邮购热线：4006900345（0451）87900256

开　　本：720mm × 1020mm　1/32　　印张：6.25　　字数：130千字
版　　次：2019年5月第1版
印　　次：2019年5月第1次印刷
书　　号：ISBN 978-7-5484-4562-3
定　　价：49.80元

目录
Contents

少年与海
CAPTAINS
COURAGEOUS

第一章

Chapter One

大客轮在起伏的波涛里穿梭，一路鸣笛向周围的捕鱼船队发出警告，以免发生碰撞。船上的防风门敞开着，迎接来自北大西洋的雾气。

“切尼那小子是船上最大的麻烦，”一个身穿粗呢外套的男人‘砰’的一声关上门，说道，“不能让他留在这儿。太不知天高地厚了。”

一个满头白发的德国人伸手取了一块三明治，一边咀嚼，一边嘟哝：“我知道这类人。美国佬全是这德行。我告诉你，你应该带一些鞭子，放你船上。”

“哼！那小子也没啥大坏处，他只是个可怜的家伙。”从纽约来的男人慢吞吞地回答。他全身舒展躺在垫子上，面前是湿漉漉的天窗。“打他小时候起，他家人就拉着他在各家旅馆跑来跑去。今儿早上，我跟他妈聊了会儿。那太太挺漂亮，但她凡事都由着儿子。那小子要去欧洲上学。”

“还没开始上学呢，”蜷缩在角落里的费城男人说，“那小子每月的零花钱就有200美元，他跟我说的。他还不到16岁。”

“铁路。是他爸的，对吗？”德国人问。

“没错。铁路、矿山、木材，还有船运。老头在圣迭戈有自己的摊子。在洛杉矶也有。他有6条铁路，太平洋沿岸一半的木材都是他的，他老婆只管花钱就行。”费城人懒洋洋地继续说。“她说西部不适合她，她只是跟着儿子神经兮兮地到处跑。我估计她是想搞清楚什么能让她儿子感兴趣。佛罗里达、阿迪朗达克、莱克伍德、蒙大拿、纽约，来来回回转个不停。他现在可不是听别人差遣的小跟班。等到从欧洲念书回来，他会变成一个让人恐惧的家伙。”

“他家老头怎么不专门照管他？”穿着粗布尼外套的人问道。

“老头正在忙生意。我估计他听不进去别人的话。过几年，他会发现自己犯下的错误。好可惜。因为要是能好好管教一下，那孩子还是有很多优点的。”

“好好管管，好好管管！”德国人咆哮着说。

“砰”的一声，门又开了。一个身材瘦小的男孩，大约15岁光景，嘴角叼着抽了半截的香烟，斜倚在门口。那张蜡黄的小脸使他显得并不像这个年龄的孩子。从他的表情里透露出来的是犹疑不决、虚张声势和非常低级的小聪明。男孩穿着鲜红色的上衣，灯笼裤，红袜子，脚上穿一双骑行鞋[1]，后脑勺上扣着一顶红

[1] 骑行鞋，又称自锁鞋，骑自行车的专用鞋。其鞋底有金属锁扣，骑行时，正好和自行车脚蹬吻合，接触后，金属扣会自动卡在脚蹬上，防止颠簸或快速骑行时，脚从脚蹬上滑落发生危险。

色的法兰绒帽子。他吹了一声口哨，扫了同伴一眼，然后高声叫喊道：“喂，外面的雾很大。你们听，那些渔船在我们周围吱哇乱叫。要我说，如果我们能撞翻一艘的话，是不是很好玩？”

“哈维，关门，”纽约人说，“带上门，出去。这儿不欢迎你。”

“谁能拦住我？”男孩故意回答，“你给我买的船票吗？马丁先生。我想我应该和站在这儿的其他人一样吧。”

他从棋盘上捡起几粒骰子，左右手来回抛着玩儿。

“喂，先生们。无聊死了。咱们来玩扑克吧？”

没人搭理哈维。他继续抽着烟，一个劲儿地抖腿，用脏兮兮的手指敲击桌子。然后，他掏出一卷钞票，好像要数钱一样。

“你妈下午怎么样？”有人问，“中午饭那会儿我没看到她。”

“我估计在她的头等舱里。一到海上她就晕船。我打算给那女服务生 15 美元，让她帮忙照顾我妈。我能不下去就尽量不下去。因为每次穿过管家的配餐室时，总觉得那是个神秘的地方。嗨，这是我第一次在海上航行。”

“哦，哈维，别给自己找借口。”

“谁找借口了？先生们，这是我第一次出海。除了第一天我有点晕船外，我一点都不难受，先生们！”说着，他伸出不示弱的拳头，蘸湿手指，继续数钱。

“哦，你真是个大人物，有什么都能从你的脸上清清楚楚地看出来。”费城人打了个哈欠，“要是你能不这么莽撞的话，你肯定能成为你们那儿的优秀人才。”

“我知道。我是美国人——以前，将来，一直都会是。等我去了欧洲，我会证明给他们看的。呸，烟没了。我可不能抽手推车上卖的烟。哪位有纯正的土耳其烟？”

轮机长微笑着走进来，面色红润，浑身湿漉漉的。“喂，麦克，”哈维兴奋地叫起来，“我们去撞一艘船吧，怎么样？”

“要懂点规矩，”麦克严肃地回答道，“小辈们像往常一样尊重长辈，长辈们也会领情。”

角落里传来低低的窃笑。德国人打开烟盒，递给哈维一根闪闪发光的雪茄。

“小朋友，这才是适合你的东西。”他说，“你试试，然后你就会觉得从没有这么快活过。”

哈维点燃这支不怎么可爱的香烟，他觉得自己已经融入到了成人的世界。

“再来点猛的才能把我干倒，”哈维说。他并不知道自己点燃了劣质的东西，一支“惠灵雪茄”。

“我们现在看到的不就是吗？”德国人说，“麦克·唐纳德先生，我们到哪了？”

“还在附近一带，沙菲尔先生。”轮机长说，“今晚我们就能到大浅滩。不过，总体来说，现在我们周围都是捕鱼船队。我们已经和三艘小渔船发生过擦碰，中午撞掉了一艘法国船的桅杆。或许可以说，这真是一次亲密的航行。”

德国人看着哈维满眼泪水，问道：“喜欢我的雪茄吗？”

“不错，够味儿。”哈维挤出几个字来。“我猜，我们慢下来了，是吗？我得出去看看大雾是什么情况。”

“如果我是你，也会这么做的。”德国人回答。

哈维踉踉跄跄地翻过甲板，跑到最近的栏杆旁。他非常难受，但是他看到甲板上的服务生正在收椅子。他在众人面前夸口说自己不晕船，所以他的骄傲使得他只能跑到二等舱船尾的龟背甲板上，这里空无一人。他爬到甲板边缘处，紧挨着旗杆的地方。这时，他一瘸一拐地更难受了。惠灵雪茄，汹涌的波涛，耳边的噪音，拧成一团，像要把他的心掏出来一样。哈维的脑袋昏沉沉的，两眼直冒金星，身体似乎变轻了，两只脚在海风中飘荡。由于晕船，他几乎虚脱了。海浪卷起客轮，将哈维抛起，翻过栏杆，摔在光滑的甲板上。接着，一个低浪打过来，像母亲的手一样把哈维揽入臂弯。或者可以说一把将哈维拉起，顺势扔进海里。深蓝色的大海包围了哈维，他很快便进入了沉睡。

一阵开饭的号角声把哈维惊醒了，他曾经在阿迪朗达克暑期班上学时，听到过这样的声音。慢慢地，他记起自己是哈维·切尼，溺水而死，但他太虚弱了，想不起所有的事情。他的鼻子嗅到一股新的味道，后背湿漉漉的，全身都是海水。当他睁开眼睛时，发现自己还在大海上。因为周围波涛汹涌，好像银色的山脉，他躺在一堆奄奄一息的鱼上，一个后背宽阔、身穿蓝色套头衫的人背对着他。

“完了，”男孩心想，“我死了，肯定的，这个家伙掌管着我。”

正当他暗自嘀咕的时候，那个人转过脑袋来，乌黑卷曲的头发里露出一对若隐若现的金环。

“哈！现在好点了吗？”他问，“就这样躺着，我把船划得平稳些。”

他飞快地调转摇晃的船头。小船跃起足足有20英尺高，但还是驶入了平滑如镜的海面。不过，这登山般的划船方式并没有打断蓝毛衫的话。“干得不错吧，我说，是我救了你。额，什——么？很不错，我说，你们的船又没碰到我，你咋掉下来的？”

“我病了，”哈维说，“病了，控制不住自己。”

“幸亏我及时吹号，你们的船就偏了一点。我以为你被螺旋桨搅碎当鱼饵了，可你一直漂——漂到我这儿了，我把你当成一条大鱼救了上来。这次算你命大。”

“我在哪儿？”哈维问。他不相信自己现在已经安然无恙了。

“你和我在一艘平底小渔船上——我叫曼纽尔。我是双帆船‘我们在此’号上的人，住在格洛斯特。过一会儿，就能吃晚饭了。呃，什么？”

他好像长着两双手和一颗铁铸的脑袋一样，因为他觉得吹大海螺壳似乎不过瘾，必须站起来，随平底船的摆动，才能吹出刺耳尖利的声音，穿透浓浓的海雾。哈维不记得这样的消遣持续了多久，因为他躺在那里看着雾气缭绕，吓得不轻。他仿佛听到了枪声、号角声和尖叫声。有种比平底船还要大的什么东西，异常活跃，隐约出现在船旁，一时间，许多声音袭来，他好像被扔进了一个拥挤的黑洞里。身穿油布雨衣的人们给了他一杯热饮，脱掉了他的衣服，于是，哈维睡了过去。

哈维醒来时，听到了船上的第一声早餐铃。他正在纳闷自己的特等舱怎么变得这么狭小。一转头，他看到一间三角形的舱室，只见一盏煤油灯照亮了巨大的方形横梁，一张触手可及的三角桌占据了从船头到前桅的空间。在船尾，二手普利茅斯壁炉后坐着一个和他年龄相仿的男孩。他长着一张扁平的红色面庞，一双灰色的眼睛闪闪发光。男孩穿一件蓝色的套头衫，高筒胶靴。地上还有几双同样的靴子，一顶旧帽子，几双破羊毛袜，黑黄色的雨衣在床边摇来晃去。这里的空间非常狭小，像塞满了棉花，散发出阵阵气味。油布雨衣有着自己独特的浓厚气味，再混合着炸鱼味、烧焦的油脂味、油漆味、胡椒味和腐烂的土豆味。不过，所有这些味道都被渔船和海水的味道包围着。哈维看到睡觉的地方没有床单，顿时心生厌恶。他躺在一块肮脏的厚棉布垫子上，鼓鼓囊囊的。而且，这艘船也和蒸汽客轮大不相同，她既不是顺流而行，也不在浪里翻滚，只是漫无目的地漂荡着，傻乎乎地像一匹被缰绳牵着的小马驹。嘈杂的水声在哈维的耳边回荡，船底嘎吱嘎吱作响，周围的一切都让哈维绝望，他小声嘟囔着，不由得开始想妈妈。

“好点了吗？”男孩咧嘴笑着问道，“来点咖啡吗？”他端着满满一锡罐咖啡，加了些糖浆在里面。

“没有牛奶吗？”哈维看了看漆黑的双层床，似乎期待着那里能有一头奶牛。

“哦，没有。”男孩回答，“要到大约九月中旬才能见到。咖啡还不错，我做的。”

哈维默默喝了咖啡。男孩递给他满满一盘脆脆的炸猪肉，哈维狼吞虎咽地吃了下去。

“我还没晾干你的衣服。我猜衣服有点缩水。”男孩说，“它们的样式跟我们的不一样——一件都不一样。你翻个身看看有没有受伤。”

哈维又是伸胳膊又是蹬腿，但说不出哪里有伤。

“很好，”男孩高兴地说，“收拾好，上甲板去。爸爸想见你。我是他儿子。他们都叫我丹。我还是厨师在船上的助手，干一些别人都觉得脏的活儿。自从奥托掉下船后，船上除了我没别的男孩。他是唯一的荷兰人，大约 20 岁。风平浪静的，你怎么从船上掉下来了？”

“哪有风平浪静？”哈维闷闷不乐地说，“刮了一阵大风，我又晕船。我估计肯定是从栏杆上翻下去的。”

“昨天只有点儿微风，昨晚也是。”男孩说，“不过，在你看来那就是大风啦——”他低声说，“待久了，你就会明白。快点，我爸等你呢。”

和其他倒霉的年轻人一样，哈维长这么大从没有人敢对他发号施令——从来没有。至少不久前是这样。跟他说话，人们得拖长了语调，有时候还得眼泪汪汪、苦口婆心地讲“听话”的好处和理由。切尼太太总是担心伤害哈维的心灵。也许这就是她整天坐立不安，紧张到虚脱的原因。哈维不明白自己为什么要迫于任何人的压力而变得着急。于是，他说：“如果你爸着急要见我，他可以自己下来啊。我想让他立刻带我去纽约，他会得到报酬的。”

丹瞪大了眼睛，这个玩笑让他兴奋不已。“嗨，爸爸，”丹扯着嗓门冲前甲板的船舱门大声喊，“他说您要是着急见的话，就亲自下来见他。听到了吗？爸爸。”

一个低沉的声音传过来，哈维从没有听过从胸腔里发出的这样浑厚的声音：“别胡闹，丹，让他过来。”

丹暗自窃喜，扔给哈维一双变形的骑行鞋。甲板上传来的声音让这个男孩克制住了自己的怒火，一想起自己和父亲的财富，以及回家的路程，他渐渐地感到些许宽慰。毫无疑问，这次获救将使他成为伙伴中的英雄。他爬上陡峭的楼梯，来到甲板上。在船尾差点被一堆杂物绊倒。在通往后甲板的台阶上，坐着一个身材矮胖的小个子男人，胡须刮得干干净净，长着两道灰色的眉毛。夜色降临，浪涌远去，留下平静无垠的大海。远处地平线周围点缀着十几艘渔船的白帆。它们中间露出几个小黑点，那是几艘已经出海的平底船。纵帆船抛了锚停在海上，主桅上挂着一面三角帆。船上只有一个男人留在房顶上——他们把船舱叫作“房子”，船上再没有其他人了。

“早上好——我应该说，下午好，你已经睡了一天一夜，小鬼。”小个子男人招呼道。

“早上好，”哈维回答。他不喜欢被人叫“小鬼”。作为一个溺水者，他期待能得到同情。他的脚不管什么时候沾了水，他的妈妈都会痛苦不堪，但这个水手好像并不在乎。

“现在，让我们听听。不管从哪方面来说，你都非常走运。你叫什么名字？你打哪儿来（我们猜有可能是纽约）？要到哪儿去（有可能是欧洲）？”

哈维说出自己的名字和大客轮的名字，并且简单讲了这次的事故，还反复强调必须立刻把他送回纽约，到那里他的爸爸会回报他们，要多少都行。

“嗯，”哈维说完以后，胡子刮得干干净净的男人却无动于衷，“我不觉得哪个人或者哪个孩子是特殊的。竟然在风平浪静的时候从船上翻下来，更不能接受什么晕船的借口。”

“借口！”哈维叫道，“你以为我从大客轮上掉到你这艘又小又破的船上是闹着玩吗？”

“我不知道你说的闹着玩是什么意思，小鬼。不过，我要是你的话，上帝知道，我可不会这么说这条救命的船。第一，这是冒犯教义的。第二，你让我很恼火。——你好像现在还不知道，我是格洛斯特‘我们在此’号的迪斯科。”

“我不知道，我也不关心。”哈维说，“当然，我很感激你们救我。不过，我想让你明白，越早送我回纽约，你越能拿到更多的报酬。”

“意思是——现在？”迪斯科竖起乱蓬蓬的眉毛，瞪大温和的蓝色眼睛，充满疑惑地看着哈维。

“好多好多钱，”哈维很高兴，终于吸引了迪斯科的注意力，“货真价实的美元。”他把手伸进口袋，微微腆起了肚子，这是他表现自己显赫地位的一种方式。“今天你把我救上来，这是你这辈子干得最棒的一件事。我是哈维·切尼唯一的儿子。”

“他挺受欢迎的。”迪斯科冷冷地说。

“你要是不知道谁是哈维·切尼的话，或者知道得不多——没关系。现在就掉转船头，我们赶快回去。”

哈维认为，美国大部分土地上的人都在议论或嫉妒他爸爸的财富。

“保不准我会，也不会。收起你的肚子，小鬼，你的肚子里全是我的食物。”

哈维听到丹咯咯地笑了起来，他假装在前桅处忙着干活。哈维羞得满脸通红。“我们会给你报酬的，”他说，“你觉得什么时候能到纽约？”

“我不经常去纽约，也不知道波士顿。也许九月左右的时候我们会到达东部海角。听你说起你爸——很遗憾，我没听过他的故事——也许他会给我 10 美元，也许一个子儿也不给我。”

“10 美元！什么，你瞧，我——”哈维把手伸进口袋里，摸索着那卷钞票。不过，他掏出来的只有一小包湿透的烟卷。

“这可不是合法的钞票，对肺不好。扔下船去吧，小鬼，再找找。”

“钱被偷了。”哈维愤怒地哭喊起来。

“这样，你得等你爸来酬谢我了？”

“134 美元——全被偷光了。”哈维激动地翻着口袋。“把它们还给我。”

一丝奇怪的神色掠过迪斯科冷峻的脸庞。“小鬼，你拿着 134 美元干吗？”

“这是我的一部分零花钱——每个月都有。”哈维觉得这样说会让他们惊讶不已，虽然没那么直接。

“哦，134美元是他零花钱的一部分——只是一个月的！你掉到海里时什么都记不起来了吧？这么说吧，你可能撞断了一根柱子，就像‘东风’号上的老哈斯金一样。”迪斯科似乎在自言自语——“他在舱口跌倒了，然后一头撞上了主桅——硬邦邦的。大概3个星期以后，老哈斯金都坚持说那是一艘袭击商船的战舰。于是，他宣布要向塞布尔岛开战，因为那个岛属于英国，而且离浅滩又远。后来的航程里，他们把他缝进睡袋，只露出脑袋和脚。现在，他在埃塞克斯的家里成天玩那些破布娃娃呢。”

哈维气得差点噎住，可迪斯科还在继续安慰他：“很遗憾，我们为你感到可惜——这么年轻。我想，我们都不要再提那些钱了。”

“你当然不会提了，就是你偷的。”

“随你怎么说。要是这样能让你舒服的话。现在说说回去的事吧。就算能回去，我们也不会那么做。你现在不适合回去。我们刚到大浅滩，自己干活挣面包吧。我们没见过一个月能拿50美元的人，更别说零花钱了。运气好的话，九月的第一个星期能在什么地方靠岸。”

“可——可现在才五月，不能因为你要捕鱼，我就干等着什么也不干吧。我告诉你，没门儿。”

“说对了，没错。没人让你什么都不干。奥托在拉阿沃尔掉下船了，有一大堆你能干的。我怀疑他是在刮大风时没抓牢，掉进海里的。不管怎么说，他都不会回来否认了。既然你来了，显然，这是上帝在帮我。不过，我想你不是真的什么都不会干，对吧？”

“上了岸，我保证让你们都兴奋起来。”哈维恶狠狠地点点头，低声抱怨着，含糊不清地冒出一句“海盗”。迪斯科听到这句差点笑出来。

“只顾说话，我差点忘了。别多嘴。既然上了我们这艘船。那就瞪大眼睛，听丹的吩咐，帮他做事。我会给你工钱，虽然你不值那个价——不过，我会给你——一个月十块五吧。到航行结束时，差不多能拿到三十五块吧。干点活儿能让你的脑袋舒服点。至于你爸、你妈和钱的故事，以后再说。”

“我妈在那艘大客轮上。”哈维的眼睛里满含泪水，“现在就带我去纽约。”

“可怜的女人——可怜的女人！不过，等你回去的时候，她会忘掉这一切的。我们这艘船上有 8 个人，如果现在就返航的话——这可是一千多英里——我们会错过捕鱼季。就算我同意，船上的其他人也不会答应。”

“可我爸会摆平这事的。”

“他可能会，我不怀疑他会试着那么做。”迪斯科说，“可是，一个捕鱼季可以维持 8 个人的生计。到九月你见到你爸的时候肯定安然无恙。去吧，去帮丹。就像我刚才说的，一个月十块五。当然，吃住都和我们一样。”

“你意思是我还得洗锅，刷盘子？”哈维说。

“还有别的事情。没人允许你这么大声说话，小鬼。”

“我不！我爸会给你足够的钱，能买得起这艘小破船。”——哈维在甲板上跺着脚说——“你要是能把我安全带到纽约，他会给你 10 倍多的钱。而且——而且——不管怎么说，你已经从我这儿拿走了 134 美元。”

“什么——？”迪斯科铁青的脸沉了下来。

“什么？你很清楚那是什么。不仅如此，你还要我干低贱的粗活。”哈维对自己用的这个形容词非常满意——“干到九月。我告诉你没门儿，你听到没？”

哈维言辞激烈地训斥迪斯科时，他正若有所思地看着主桅顶端。

“闭嘴！”迪斯科终于开口，“出于我的责任考虑，我对你自有安排。这是我的决定。”

丹悄悄站了起来，用胳膊肘戳了一下哈维。“别再惹我爸生气了，”他恳请道，“你已经有两三次说他是贼了。从来没人敢这么说他。”

“我不！”哈维声嘶力竭地叫喊着，根本不理会丹的建议，迪斯科依旧在一旁沉思。

“好像有点儿不友好，”迪斯科终于开口了，他扫了哈维一眼，“我不怪你，一点都不怪你，小鬼。要是我把你的胆汁打得喷出来，你可别怪我。搞清楚我说的是什么了吗？给纵帆船上另一个男孩打下手，每月给你十块五——包吃住——为了教你学东西，也为你的健康考虑。明白不？”

“不！”哈维说，“带我回纽约，要不然我让你——”

他记不清接下来发生了什么。他躺在船舷上的漏水口处，捂着流血的鼻子，迪斯科平静地低头看着他。

“丹，”迪斯科对儿子说，“我看到这个男孩时，并没有仓促地去判断。你以后也绝不能被草率的判断所误导。丹，现在我觉得他很可怜。因为他显然被自己那番上等生活的话给迷惑了。他给我的名字不一定是真的，他说的别的话也一样。——至于掉下船的说法，我也半信半疑。你对他好点，丹，我给你的工钱是他的两倍。他的脑子完全糊涂了，干点活儿让他清醒些吧！”

迪斯科神色凝重地走进船舱，那是他和其他水手睡觉的地方。只留下丹安慰那个可怜的三千万家产的继承人。

第二章

Chapter Two

雨下得越来越急，越来越密，落在满是油污的地板上。“我警告你，”丹说，“爸爸平时不像今天这么暴躁，你真是活该。哼！你不该那么说话。”哈维还在双肩起伏，啜泣抽搐着。“我明白那种感觉。爸爸第一次打我，就是这个样子，那也是最后一次打我。——那是我第一次出海。当时我很难过，而且很孤单。我明白。”

“就是，”哈维咆哮道，“那个男人要么疯了，要么喝多了，我——我是什么都不会做的！”

“别那么说我爸，”丹小声说，“他一喝酒就发火，而且——好了，他跟我说你是个疯子。你怎么想到说他是贼的？他是我爸。”

哈维坐起来，擦了擦鼻子，讲了那卷找不见的钞票。“我没疯，”他反复强调，“只是——你爸从没见过比 5 美元还大的钞票，我爸一个礼拜就能买下这艘船，绝对没错。”

“你不了解这艘船的价值。你爸爸肯定有很多钱。他的钱是哪儿来的？爸爸说疯子没真话。你说啊。”

“他有金矿，还有其他的生意，在西部。”

“我在书上看过这样的买卖。也是西部？他是不是骑着漂亮的小马驹，拎着一把手枪，就像马戏团表演一样？人们都说那是狂野的西部。我听过他们的马刺，笼头，都是货真价实的纯银。”

“你真是个大笨蛋！”哈维尽管不高兴，但还是被丹逗乐了，“我爸从来不骑什么小马驹，他出去的时候会坐车。”

“什么？运龙虾的车？”

“不，当然是他自己的私人专列。你长这么大，见过私人专列吗？”

“司兰汀先生有一辆，”丹小心翼翼地说，“我见过它在波士顿停车场放着，三个黑鬼推着跑（丹的意思是在擦玻璃）。不过，司兰汀先生拥有长岛的每条铁路，人们都这么说，还说他买下了半个新罕布什尔，建起一排栅栏，里面养着狮子、老虎、熊、水牛、鳄鱼之类的东西。比曼先生是个百万富翁。我见过他的车，懂吗？”

“人们说我爸是几百万富翁。他有两辆私人专列。一辆以我的名字命名，叫‘哈维’号；另一辆是我妈妈的名字，叫‘康士坦茨’号。”

“等会儿，”丹说，“爸爸从来不让我发誓，但我想你应该可以。在我们继续往下说之前，我希望你敢发誓，要是说谎的话就会不得好死。”

“当然敢。”哈维回答。

“还不够。你得说‘我要是说了假话，我就不得好死。”

“要是我说的哪个字有假，”哈维说，“我立马死在这儿。”

“包括那134美元和这些事儿？”丹问，“我听见你和爸爸说的了。我看你要是说谎的话，就会被大海吞下去，就跟约拿[1]一样。”

哈维气得满脸通红，急着为自己申辩。丹是个聪明的年轻人，有自己的判断力。十分钟的盘问后，他深信哈维并没有撒谎——没多少假话。而且，还有那些最可怕的誓言，那是丹自小就知道的。哈维坐在船舷的漏水口处，红着鼻子，兴奋地讲述着一件又一件令人难以置信的奇闻。

“天哪！”当哈维骄傲地列举了一系列关于“哈维”号的事迹以后，丹终于发自内心地赞叹起来。接着，他那宽阔的脸盘上露出一丝喜悦，不禁咧开嘴调皮地笑了起来。“我相信你，哈维。爸爸这辈子终于做了一次错误的判断。”

“当然，他错了。”哈维一边说，一边早已想好了如何报复。

“他肯定会发疯的。爸爸最讨厌判断失误。”丹仰面躺下，用手拍着大腿说，“喂，哈维，你可别把这事说出去。”

“我可不想再挨打。不过，我会找机会报仇的。”

“我还从没听过谁敢和爸爸算账。但是，他肯定会再打你，他越犯错越揍你。不过，金矿和手枪——”

[1] 约拿，灾星。约拿是《圣经》中的一位先知，因违背上帝意愿给同一艘船上的人们带来厄运，后被抛进大海，海上立刻风平浪静。

“我可从没提过手枪一个字”，哈维插嘴道，因为这关系到他的誓言。

“对，你没说过。两辆私家专列，还有，一辆是用你的名字命名，一辆是你妈妈的。还有一个月 200 美元的零花钱。不愿为挣一个月十块五而被打进漏水口。这可是本次捕鱼季最大的收获。”丹忍不住笑起来。

“那我没错吧？”哈维以为找到了同情自己的人。

“你错了，大错特错！你在我旁边待着，跟着我干。或者你会抓住机会的，我也会支持你，帮你的。爸爸一般都会尽力帮我，因为我是他儿子。他讨厌被惯坏了的人。我估计你今天非常生他的气，我也经常像你这样。不过，爸爸是一个正直能干的人，所有捕鱼船队的人都这么说。”

“这就是你说的公正，是吧？”哈维指着自己红肿的鼻子说道。

“那没事儿，不就是让你流了点血吗？爸爸是为你好。不过，话又说回来，谁要是认为我爸、我或者是这艘船上的任何人是贼的话，我是不想和这个人打交道的。我们不是靠码头为生的普通人。我们是渔夫，我们在一起出海捕鱼已经 6 年多了。这点你别搞错了！我跟你说过，我爸不允许我发誓。他说那是些没用的誓言，还会揍我。我给你晾衣服时，不知道你兜里有什么，我没注意看。但是我要说清楚，像你刚才发誓那样，我和爸爸都没有拿你的钱。你被带到船上后，只有我和爸爸两个人见过你，我们对你的钱一无所知。这就是我要说的，明白？”

流淌的血显然让哈维的脑袋清醒了，也许海上的孤寂也起了作用。“说得对，”哈维迷惑不解地低下头，说道，“好像有个人救了我，没让我淹死，我应该感谢他。丹。”

“哦，你真是摔晕了，傻瓜。”丹说，“这里只有我和爸爸见过你。那个厨子不算。”

“我也许应该想到，那笔钱就是那么丢了的，”哈维自言自语道，“而不应该把见过的每个人都当成贼。你爸爸呢？”

“在船舱里。你又想找他干吗？”

“等会儿你就知道了，”哈维说完，东倒西歪地走下台阶。他的脑袋到现在还是一直在嗡嗡作响。通往船舱的路上挂着一只钟，在轮舵那里一眼就能瞧见。迪斯科坐在巧克力色的船舱里，忙着在记事本上写什么东西，嘴里还不时地使劲咬着手中的黑色大铅笔。

“我刚才表现得很不好。”哈维很惊讶，自己竟然可以这么温顺地说话。

“现在又怎么了？”船长问，“又把丹骂了一顿吗？”

“不，我要找你。”

“听着呢。”

“嗯。我——我来这儿是要收回刚才说过的话。”哈维飞快地说，“我快要淹死的时候，有个人救了我——”他咽了一口唾沫。

“哎，你要这么说，就像个男子汉了。”

“他没告诉我名字。”

“说得对，说得对。”迪斯科露出了干巴巴的诡异的笑容。

“所以，我是来说对不起的。”哈维又咽了一口唾沫说道。

迪斯科慢慢从他坐着的储物柜上站了起来，伸出足足有 11 英寸长的大手。“我觉得刚才那样做对你的意识有好处。事实证明，我的判断没错。”从甲板上传来吃吃的窃笑。11 英寸长的大手紧紧握住哈维的手，握得他从手一直麻木到胳膊肘。“我们会对你好的，小鬼。我觉得在你身上发生的那些不好的事情都已经过去了。责任不完全在你。赶紧去干活儿吧，你会平安无事的。”

哈维回到甲板上时，耳根通红。丹说：“你的脸都白了。”

“我没觉得。”哈维说。

“我不是那个意思。我听见爸爸说的了。每次爸爸说不去想别人的不好时，爸爸就是对他让步了。他讨厌自己判断失误。呼！呼！一旦爸爸做出什么决定，他宁可在英国人面前流血，也绝不会改变想法。很高兴，事情都解决了。爸爸说不能送你回去，他是对的。这是我们的生存方式——捕鱼。再有不到半个小时人们就回来了，就跟鲨鱼追着一条死鲸鱼一样。”

“为什么?”哈维问。

“当然是为了吃晚饭啊。你的胃没有咕噜咕噜地提醒你? 你要学的还真不少呢。”

“我想我也饿了。”哈维暗自哀伤，看着头顶混乱的绳索和杂物。

“这艘船真的很棒。”丹没有明白哈维的眼神，热情高涨地说，“特别是等我们把主帆放下来，把所有的鱼都抹上盐的时候。不过，在那之前，我们得先干活儿。”他指着两根桅杆间漆黑的空隙处，那里是打开的主舱口。

“那是干吗的？空空荡荡的。”哈维说。

“你，我，还有其他人，都得来把它装满，”丹回答，“那是放鱼的地方。”

“活的？”哈维问。

“哦，不。它们都是死鱼——直挺挺的——用盐去腌。储藏室那儿有成百上千桶盐，我们都没地方放行李了。”

“可是，鱼在哪里呢？”

“它们在海里，只要虔诚祈祷它们就会上船来。”丹引用了渔民的谚语说道。“昨晚捞起你的时候，你身上带着 40 多条鱼。”

丹指了指船尾的甲板前面用木围栏围成的鱼舱。

“等他们回来时，咱俩要用水把鱼冲干净。今晚，鱼舱会装满的。我见过船上堆满了等着加工的鱼，吃水都下降半英尺了。我们站在桌子前忙活，困得差点把自己当鱼给剖开了，累得都快睡着了。瞧，他们现在回来了。”丹的目光越过低矮的舷墙，看到六七艘平底渔船在波光粼粼的海面上向他们驶来。

“我还从没有这么近距离地观察过大海，”哈维说，“真漂亮。”

夕阳照在海面上，将其映成了粉紫色。金色的阳光照在角落的木桶上，桶里的鲭鱼泛起蓝色和绿色的条纹。视线所及的每艘纵帆船似乎都在用看不见的绳子拖着自己的平底小渔船前进。小船上的黑色人影像装了发条的玩偶一样。

“大家的收获都不错，”丹眯着眼睛说，“曼纽尔的船都没地方再装下一条鱼了。他的船被压得像睡莲叶子一样低。

“哪个是曼纽尔？我不知道怎么才能像你一样认出他们来。”

“最南边的最后一艘船。昨晚就是他发现你的。”丹一边指向曼纽尔，一边说，“曼纽尔划船像葡萄牙人，你认不错。他的东边——从划船姿势就能看出来——是宾夕法尼亚。一眼就能看出来，船上装满了小苏打。宾夕法尼亚的东边——看！他们连成一排——隆起的肩膀，那是长腿杰克。他是戈尔韦人，住在南波士顿。他们大部分时间都在那里，而且他们擅长划船。往北，远处点儿——你一会儿就能听到他的歌声——那是汤姆·普拉特。他以前参加过战斗。他在‘旧俄亥俄号’战舰上待过，那是我们的第一艘军舰——他只说合恩角的事儿，其他的从不多说一句，除了唱歌的时候。不过，他捕鱼确实很有一套。听！我说什么来着？”

一阵悠扬的曲调从北方驶来的平底船上悄悄飘过来。哈维听到歌曲大概是关于什么人的手脚冰凉，接着又唱道：

“打开航海图，寂寞的航海图
相逢在哪里
头顶乌云密布
脚下雾气缭绕”

“满满一船，”丹笑呵呵地说，“要是他唱‘哦，船长’，那也说明他捞了不少鱼！”

小调还在继续：

“现在，送给你，哦，船长

我虔诚地祈祷

永远不要埋葬我

不论是在教堂还是修道院”

“这是汤姆的两个拿手好戏。他明天会告诉你关于‘旧俄亥俄号’的故事。看到他身后那艘蓝色平底船了吗？那是我叔叔——我爸爸的兄弟——要是大浅滩有什么倒霉的事的话，当然都会轮到索尔特叔叔。你看他划得多慢。我用我的工资和提成打赌，他是今天唯一一个被蜇伤的——蜇得还不轻。”

“什么东西蜇了他？”哈维饶有兴趣地问道。

“大部分时候是海草莓。有时候是海南瓜，还有时会是海柠檬和海黄瓜。对，他的胳膊肘以下都被蜇过。这个人算是倒霉到家了。现在，咱俩该用绳子和滑轮把他们拉上来了。刚才说的是真的吗？你说从出生到现在一指头的活儿都没干过，听起来有点儿可怕，是吧？”

“不管怎样，我打算学着干活，”哈维坚定地回答道，“这是全新的开始。”

“把钩子拿过来，在后边。”

哈维抓起一根绳子，从主桅的钢索上取下悬挂着的长铁钩。丹从他的千斤顶上拉下另一只钩子。曼纽尔划着满载而归的平底船，来到纵帆船旁边。这个葡萄牙人露出闪亮的笑容，哈维后来才真正理解了这种笑容。他手持短柄鱼叉，开始把鱼扔到甲板上的围栏里，大叫道："231 条。"

"把钩子扔给他，"丹说道。哈维把钩子扔到曼纽尔的手中，他把钩子扔到平底船头用绳子围起来的索圈里，勾住丹的滑轮，抓住把手环，顺势攀上了纵帆船。

"拉！"丹大叫，哈维照做了。他惊奇地发现平底船轻松地升起来了。

"抓住，船还没落在桅顶横杆上！"丹笑着说。哈维不敢松手，船停在了头顶的半空中。

"低头，"丹又叫道。哈维低下头时，丹用一只手扶着这只轻便小船，直到它稳稳地落在主桅后面。"它非常轻，正好能坐下一个人。在海上航行有很多门道。"

"啊哈！"曼纽尔伸出褐色的手，说："现在好多了？昨晚我捕鱼时发现了你。现在，轮到你捕鱼了。嗯，怎么样？"

"我——我非常感谢。"哈维结结巴巴地说道。他那只可怜的手又可怜巴巴地伸进了口袋，但他突然想起自己已经没有钱可给了。当他深入了解曼纽尔后，他才明白一个小小的错误就会让这个人心神不定，浑身发烫。

"用不着谢我，"曼纽尔说，"我怎么会让你在大浅滩上漂荡呢？现在你也是渔夫了。——嗯，怎么样？哦，啊哈！"说着，曼纽尔前后扭动身子，把身上的东西都解了下来。"我今天还没清理渔船呢，太忙了。那些鱼扑得太快。丹尼，我的孩子，帮我清理一下。"

哈维立即走上前。这是他的救命恩人。他要为这个人做些什么。丹把拖布扔给哈维。哈维倚着平底船笨拙地擦洗鱼群留下的黏液。不过，他是诚心诚意地在干活。“把脚踏板掏出来，它们滑进凹槽里了，”丹说，“擦干净，放下去。千万别一脚踩下去，除非你希望这艘船坏掉。那是长腿杰克。”

闪闪发光的鱼从旁边的平底船滑进围栏里。

“曼纽尔，你拿好钓具，我摆桌子。哈维，去清洗曼纽尔的船。长腿杰克的船就在曼纽尔的船上面。”

哈维抬头望去，头顶还有一艘平底船。

“看上去就像印度方块，是吧？”丹看着一艘一艘的船在头顶上方摞起来，说道。

“船下水时就像鸭子一样，”长腿杰克的下巴上长着灰色的胡子。这个大嘴巴的戈尔韦人像曼纽尔刚才那样，前后扭了扭身子。迪斯科高亢的声音从天窗飘了出来，人们甚至还能听到他咬铅笔的声音。

“149 条半，倒霉，迪斯科，”长腿杰克说，“我只有拼了这条老命才能装满你的口袋。预定计划没完成，葡萄牙人赢了我。”

又一艘平底船停靠过来，一条条鱼纷纷跳进鱼舱。

“203 条。瞧瞧这些客人！”说话的这个家伙比戈尔韦人的块头还要大，他的脸上有一块紫色的刀疤，从左眼斜着劈下来，直到右嘴角，看起来很奇怪。

哈维不知道还需要干什么。每一艘平底船落下时，他都会去擦拭，拉出脚踏板，放在船底。

“他干得不错。”脸上带着伤疤的汤姆认真地注视着，有些惊讶。“干活儿有两种方法。一种是打鱼法——先随便拿起绳子的一头，上面都打上活结——另一种是——”

“我们在‘旧俄亥俄号’上干活的方式！”丹插嘴道。他用一块长板轻轻碰了一下汤姆的膝关节，“躲开，汤姆，我要摆桌子。”

说着，他便将木板的一端用力塞进船舷的缝隙中，迅速弯腰，躲开来自这个好战男人的回击。

“他们在‘旧俄亥俄号’上也这么做，丹，明白吗？”汤姆笑着说。

“我猜他们都是斜眼，因为他们没找到回来的路，而且我知道，如果某人还不让开的话，他就得去主桅杆上找他的靴子了，往前！我忙着呢，没看见吗？”

“丹，你在船上躺一天了。”长腿杰克说，“你一点都不尽职。我敢肯定，一个星期你就能把我们的货物管理员给带坏。”

“他叫哈维，”丹挥动着两把奇形怪状的刀子，说道，“用不了多久，他就抵得上波士顿五个挖蛤蜊人了。”他把刀子优雅地放在桌上，歪着头看了看，对这一结果非常满意。

“我看那是42条，”船边传来一个低低的声音。接着，一阵哄堂大笑过后，又一个声音说道：“我的运气来了。因为我捕了45条，不过我被蜇惨了。”

“42还是45，我弄不清了。”又是那个低沉的声音。

“宾和索尔特叔叔在数鱼，这比马戏团都热闹。”丹说，“你瞧着吧。”

“进来——进来！”长腿杰克大喊，“孩子们，外面全湿了。”

“42，你说的。”索尔特叔叔说。

“那我再数一遍。”一个温和的声音回答。

两艘小船一起划回纵帆船的旁边。

“你怎么那么有耐心！”索尔特叔叔在后面划着船，突然拍打起水花，嚷嚷道，“哪有你这样的农民，竟然来打鱼，害得我都输了。”

“对不起，索尔特先生。我是因为胃痉挛才上船的，我记得是你劝我来的。”

“你和你那紧张的消化不良应该淹死在鲸鱼洞里。”矮胖的小个子索尔特叔叔咆哮道，“你又招惹我了，你说到底是42还是45？”

“我没记住，索尔特先生，让我们数数。”

“别指望它会是42，我数的是45。”索尔特叔叔说，“你仔细数了吗，宾？”

迪斯科走出船舱，用威严的语气说：“索尔特，你现在立马把鱼扔上去。”

“爸爸，别管他们。”丹低声说，“好戏才刚刚开始。”

索尔特辛苦地忙活着，一条一条地叉着数。长腿杰克大声喊道：“他妈的真是太逗了！”另一条平底船上的小个子男人在船舷上刻下一连串记号。

“这是上个礼拜捕的。”他一边说，一边伤心地抬起头，看着食指刚刚挪开的地方。

曼纽尔用胳膊肘轻轻推了推丹。丹迅速冲向船尾的滑车，身体尽量靠在船舷边。曼纽尔让平底船迅速向前移动，丹用钩叉钩住船尾的绳子。其他人一起使劲拉起绳索，将船靠拢——连人带鱼全拉了上来。

“1，2，4——9，”汤姆·普拉特盯着鱼，认真地数着，“47 条，宾，不错啊！”丹把宾从船尾拉起来，拖到堆满鱼的甲板上。

“停下！”索尔特叔叔大喊，拍着腰说，“停下，我搞不清自己有多少条鱼了。”

还没来得及反抗，他就被抬到船上了，和宾一样的待遇。

“41 条。”汤姆·普拉特说，“索尔特，你竟然输给了一个农民，就这样还算个水手吗？”

“肯定没数对，”他踉踉跄跄地爬出鱼舱，“我都快被蜇成马蜂窝了。”

索尔特叔叔厚实的双手肿胀起来，变成斑驳的浅紫色。

“一些同行会发现海草莓根，”丹指着刚刚升起的月亮说，“如果他们像我一样，必须下去打捞的话。”

“还有别的，”索尔特叔叔说，“岸上的肉吃多了就会变懒，开始嘲笑自己人了。”

“你们坐下！坐下！”甲板上传来一个声音，这是哈维从未听过的。迪斯科·特鲁普、汤姆·普拉特、长腿杰克和索尔特听到后继续往前走。小个子宾解下方形的绕线轮和缠绕在一起的麻绳；曼纽尔四肢伸展，躺在甲板上，丹跳进鱼舱，哈维听到他在用锤子敲打木桶。

“索尔特，”他说，“马上就要吃饭了，然后我们得去加工鱼。

你可以把鱼扔给我爸。汤姆·普拉特和爸爸一起装船，你能听到他俩吵架。我们是第二队，你，我，曼纽尔和宾——这艘船上最年轻最帅的。”

“那有什么用？”哈维说，“我饿了。”

“再等一会儿就能吃饭了。嗯，今晚的饭还不错。虽然爸爸的那些兄弟很烦人，但雇了个好厨师。今天收获不小，是吧？”他指着堆满鳕鱼的鱼舱说，“曼纽尔，你那儿的水深是多少？”

“二十五英寻，”葡萄牙人迷迷糊糊地回答，“今天撒网又快又准。改天我表演给你看，哈维。”

年长的人们还没回来，月光开始慢慢洒在寂静的海上，根本无须厨子大喊“第二队”，丹和曼纽尔便走下船舱。桌子前面坐着的是汤姆·普拉特，最沉着缓慢的老人之一，他已经吃完饭，用手背抹了抹嘴巴。哈维跟着宾坐下来，前面摆放着一盘鳕鱼的杂碎、猪肉丁、薯条和一块热面包，还有一些浓烈的黑咖啡。他们饿坏了，却一直等着，直到宾夕法尼亚庄严地祷告完。然后，他们才埋头吃起来。这时，丹端起杯子深深吸了一口气，问哈维感觉如何。

“很饱，但还能塞一片。”

厨子是一个像煤炭一样黑的大块头黑人。和哈维所见过的黑人不同，他不爱说话，只是心满意足地笑着，比画着，示意人们多吃一点。

“瞧见没，哈维？”丹用叉子敲打桌子，说道，“就像我说的那样。最年轻最帅的男人们——我，宾，你和曼纽尔——我们是第二队，第一拨吃完我们才能吃。他们都是老家伙，又小气又能吃。得先让他们的胃口高兴，所以他们先来吃喽，可这并不是理所当然的。对吧，大厨？”

厨子点点头。

“他不会说话吗？”哈维低声问，

“没怎么打过交道。我们也不太了解。他的舌头本身就有点奇怪。他来自布列塔尼角岛，那儿的农民操一口苏格兰家乡音，他也是。布列塔尼角岛全是黑人，人们都是在打仗时逃过去的，所以说话都像农民——气呼呼地像在吵架。”

“那不是苏格兰话，”宾夕法尼亚说，“那是盖尔语，我在书上见过。”

“宾读过的书不少。他说得大多数都对——除了数鱼——额？”

“他们说多少就是多少吗？你爸不检查就直接认定？”哈维问。

“什么？当然。有什么必要为一堆老鳕鱼说谎呢？”

“有人就谎报过，”曼纽尔插嘴道，“他每天都在说谎。5条，10条，25条，或者更多。”

“在哪儿？”丹说，“那肯定不是我们的人。”

“安圭拉岛的法国人。”

“啊！西海岸的法国人不算。显而易见，他们不识数。如果你碰到他们的软钩，哈维，你就会明白。”丹极为鄙视地说，“每次穿衣服，只多不少。”

长腿杰克大喊着走出舱门，“第二队”立刻爬了上去。

月光下，桅杆和索具的影子随着一直悬挂着的三角帆在起伏的甲板上来回翻滚；船尾的鱼堆像流淌的银子一样倾泻下来。鱼舱里传来了踩踏声和抱怨声。迪斯科·特鲁普和汤姆·普拉特在盐箱之间来回走动。丹递给哈维一只长柄草耙，把他领到粗木桌靠船舱的一侧，索尔特叔叔拿刀柄不耐烦地敲打着，脚下放着一桶盐。

“你负责把鱼扔给舱口处的爸爸和汤姆·普拉特，注意别让索尔特叔叔扎到你的眼睛，”丹飞快地跑到鱼舱，说，“我在下面递盐。”

宾和曼纽尔站在齐膝深的鳕鱼堆里，迅速挥舞着小刀。长腿杰克戴着手套，旁边放着一只篮子，面朝桌子和索尔特叔叔。哈维盯着长柄草耙和鱼桶。

“嗨！”曼纽尔大喊。他弯下腰，拎起一条鱼，一根手指卡住鱼鳃，另一根手指去抠鱼眼。然后，他把鱼放在桶边，用闪闪发光的刀刃，从鱼的喉部切到鱼尾，发出撕裂的声音，又在鱼鳃两侧各切一刀，然后把鱼扔到长腿杰克脚下的篮子里。

“嗨！”长腿杰克戴着手套，握着一把勺子，挖出鳕鱼的内脏，扔进篮子里。然后，他又用另一只扳手和勺子将鱼的脑袋和内脏清理干净。空膛的鳕鱼滑向索尔特，他用力吸了一口气，接着，撕裂声再次传来，鱼的脊骨便飞出船舷了。被取了内脏的无头鱼敞开肚皮，被扔进鱼桶，海水飞溅，哈维看得目瞪口呆。第一声大吼之后，所有人都安静了下来。鳕鱼像活着一样在众人手里滑行。过了很久，哈维回过神来，不再琢磨这不可思议的娴熟技艺。这时，他的鱼桶已经满了。

“扔！”索尔特头也没回地咕哝道。于是，哈维一次两三条地把鱼扔进船舱。

“嗨！一捆一捆地扔，”丹说，“别散开！索尔特叔叔是船上的剥鱼能手。仔细看，学着点！”

确实，胖大叔动作敏捷，好像在争分夺秒地切割书页一样。曼纽尔半蹲着，弯下腰，仿佛一尊雕像，但他的两条长胳膊还在不停地捞鱼。小个子宾辛苦地坚持着，但显然很疲惫。有一两次，曼纽尔想找机会帮他，但又不能停下自己手中的活儿。曼纽尔突然大吼一声，因为他的手指被法式鱼钩给钩住了。这些钩子是用柔软的金属做成的，用完后还能再次使用。不过，鳕鱼经常会逃脱软钩，又在其他地方被逮住。这也是格洛斯特船队看不起法国人的原因之一。

粗盐抹在生肉上，发出刺耳的声音，听起来好像砂轮在旋转——刀子碰撞鱼桶时发出的叮叮当当声，拧断鱼头的咔嚓声，鱼肚和内脏飞溅的啪嗒声，索尔特叔叔的刀子划刻鱼骨的咔咔声，湿漉漉的空膛鱼落在鱼桶里的扑通声，各种声音混在一起。

一个小时后，哈维恨不得全世界都停下来。因为鳕鱼比想象中的要重。由于长时间投掷，他的后背生疼。不过，当他想到这是他平生第一次参与劳动时，顿觉自豪不已，只能装作平静地坚持着。

“喂，刀子！”最后，索尔特叔叔叫道。宾迅速跑过来，气喘吁吁地赶到鱼堆旁。曼纽尔扭动腰身，舒展筋骨。长腿杰克靠着船舷。厨子走了过来，像个黑色的影子一样一声不吭，收拾好一大堆鱼骨和鱼头，然后离开了。

“鱼头早餐和海鲜浓汤。”长腿杰克咂咂嘴说。

“哎，刀子！”索尔特叔叔又重复道。他的手里握着扁平的，弯曲的切割工具。

“看看你的脚下，哈维。”丹朝下喊。

哈维看到6把匕首插在舱口里侧的系索耳上。他把刀子递给大伙儿，又把钝的那些拿了回来。

“水！”迪斯科·特鲁普说。

“把筐给我，还有长柄勺，哈维，快点。”丹说。

不到一分钟哈维就回来了，手里拿着长柄勺，里面装着褐色的液体，看着不怎么新鲜，尝起来却像果汁一样。迪斯科和汤姆·普拉特喝过后，下巴都要酸掉了。

“这是鳕鱼，”迪斯科说，“它们不是大马士革无花果，汤姆·普拉特，更不是银条，自打一出海，我已经告诉过你不止一次了。”

“这件事说了7个捕鱼季了。”汤姆·普拉特冷冷地回答道，“放整齐就是放整齐，就算堆放压舱石都有对有错，要是你见过把400吨的铁放进——”

“嗨！”曼纽尔大喊一声，众人立刻开始干活，直到鱼舱空了才停下来。等到把最后一条鱼扔下来的时候，迪斯科·特鲁普和他的兄弟摇摇晃晃地到船舱里去了；曼纽尔和长腿杰克继续前行，只剩汤姆·普拉特独自等了好久才溜回舱口，最后也消失了。不到半分钟，哈维就听到船舱里鼾声震天，他双眼无神地望着丹和宾。

“丹尼，我比上次表现得稍好了点。”宾说话的时候，困得眼皮都抬不起来了。“不过，我觉得我该帮着清理的。”

“你用不着心存愧疚，”丹说，“去睡觉吧，宾，你没必要干孩子们的活儿。拿一只桶过来，哈维。哦，宾，把臭鱼篮子倒干净再睡。你能坚持会儿吗？”

宾提起沉甸甸的篮子，里面装满了鱼的内脏。他把东西全都倒进一个带有铰链盖的桶里，然后，他也离开了船舱。

“孩子们，加工完鱼以后，打扫干净。按‘我们在此’号上的规定，好天气时该由你们值班。”丹精力充沛，冲洗了鱼舱，收起桌子，放在月光下晾干。他用一捆麻絮把刀上的血渍擦干净。然后，他又开始在磨石上磨刀，哈维按照他的安排，把鱼的内脏和脊骨扔下船。

第一桶垃圾扔下去时，溅起的是一个银白色的鬼影，它直直地从油亮的海面上跃起，发出诡异的叹息，像口哨声一样。哈维吓得大叫一声，连忙向后退，丹却哈哈大笑起来。“逆戟鲸，”丹说道，“来找你要鱼头了。它们饿的时候就会这样跳起来。它们的呼吸声就像从坟墓里发出的哀号，对吧？”烂鱼散发出浓浓的恶臭，弥漫在空气中，白色的柱子一样的身子沉下去时，光滑的水面泛起了油乎乎的泡沫。“你以前没见过逆戟鲸吗？以后出海，这很常见。嘿，船上有个男孩真不错。奥托岁数太大，还有一个荷兰人，他老和我掐架。我倒不在意他满嘴教义，你睡着了？”

“困死了，”哈维一边打盹，一边回答。

“值班时不能睡觉。站起来，去看看我们的锚灯是不是还亮着。现在该你值班了，哈维。”

“呸！能有什么危险？这么好的天气。呼——呼！”

“爸爸说，这种时候才会出事呢。好天气容易迷糊。可能你还没反应过来，就被一艘班轮撞成两截了。然后 17 名厚脸皮的官员，装出绅士的样子，指手画脚地斥责，说咱们大雾天不点灯。我好心教你，如果你要是再打盹，我就用绳子抽你啦。”

月光见证着大浅滩上千奇百怪的景象，照在这个穿着灯笼裤和毛线衫的瘦削的年轻人身上，他走在重达 70 吨的纵帆船上，在杂乱的甲板间摇摇晃晃。在他的身后，走着另一个男孩，呵欠连天，一边打盹儿，一边像行刑者一样挥动打结的绳子，不时地抽打几下。

挂着铰链的轮子发出低沉温柔的咔嗒声，三角帆在微风中发出噼里啪啦的声音，起锚机嘎吱嘎吱地响。令人头疼的巡逻还在继续。任凭哈维如何反抗，威胁，低声抱怨，最后都哭出来了，可丹还是不松口，只是一个劲儿地说提高警惕有多重要。他用绳子一会儿抽打平底船，一会儿又去抽哈维。终于，船舱里的时钟敲了十下，第十声响起时，小个子宾爬上甲板。他发现两个男孩瘫倒在主舱口处，并排沉沉地睡去了。于是，宾只好把他俩拖回到自己的床铺上。

第三章

Chapter Three

如同40英寻水深般的沉睡后，哈维觉得神清气爽，耳聪目明。他狼吞虎咽地吃着早餐。人们把一大盘鲜美多汁的鱼片一扫而光——这是厨子用昨天晚上收集的鱼块做成的。哈维和丹收拾了锅碗瓢盆，还有老船员们的剩饭。年长的都出海捕鱼了，只剩他俩把猪肉切片，为午饭做好准备，擦拭了船桅，添满油灯，帮厨子加了煤和水，查看了装满战利品的前货舱。美好的一天又来到了——温和、轻柔、澄明。哈维深深地吸了一口空气。

夜里，海上聚集了更多的纵帆船。广阔的海平面上布满了风帆和平底船。远处的地平线上，一艘看不见船身的大客轮在冒烟，惊扰了大海的蔚蓝。东方，一艘大船正在扬起高贵的风帆，好像给整幅画面拉开一道正方形的裂口。迪斯科在舱顶抽烟——一只眼睛盯着周围的船只，另一只眼睛看着桅顶的一面小旗子。

“爸爸每当这样陷入沉思，”丹低声说，“都是在为大伙儿盘算。我敢拿我所有的工资和利润打赌，我们马上要抛锚停船了。爸爸对鳕鱼了如指掌，整个船队都知道这一点。看见没，他们一个个都跟上来了，不用特别留意什么，只要一直跟着咱们就行。那是‘里波王子’号，来自查塔姆[1]。昨晚，她就偷偷跟上了。看见那艘大船了吗？挂着一面新三角帆，前帆上还有块补丁，她是西查塔姆来的。她待不了多久，除非突然走运，自打上一季就这样。她倒不会悄悄跟在后面，什么锚都拖不住她……爸爸像那样吐出烟圈时，他准是在观察鱼群。要是我们现在跟他说话，他会发疯的。上次，我就这么没眼力见儿，他拎起一只靴子就抽我。”

迪斯科往前凑了凑，嘴里叼着烟斗，双眼空洞无神。正如他儿子所说，他正在研究这些鱼——凭着自己的知识和经验，他凝视着在大浅滩徘徊的鳕鱼群。他接纳了那些跟在他屁股后面，想一探究竟的船队。他觉得那是对他的能力的一种恭维，不过，现在可不欢迎他们。他希望能赶走其他船只，好让自己的船可以单独停靠。因为马上要到维京岛了。这里的鱼群都在狂风暴雨的区域。迪斯科站在一条20磅重的鳕鱼的角度，考虑到了最近的天气、大风、洋流、食物供给以及船上的用度等问题。事实上，这一个小时里，他自己真的已经和鳕鱼融为了一体。终于，他从嘴里取下烟斗。

“爸爸，”丹说，“我们干完活儿啦。可以出去一会儿吗？真是捕鱼的好天气。”

---

[1] 查塔姆群岛，位于南纬43° 53′，西经176° 31′，总面积约966平方公里，属于新西兰。

“别穿鲜红的衣服，也不要烤焦了的棕色鞋子，找点适合他的穿。”

“爸爸高兴了——事情解决啦。”丹兴高采烈地把哈维拉进船舱。这时，特鲁普把钥匙扔了下来。“爸爸保管着我多余的衣服，都是他给我安排的。因为妈妈说我太粗心。”丹在储物柜里翻腾着，不到3分钟，就把哈维装扮成另一番模样——脚穿一双快到大腿的渔民橡胶鞋，身上是一件厚实的蓝色套头衫，胳膊肘还打了块补丁，手上戴了一副手套，头上是一顶防水帽。

“现在你还真像那么回事儿，”丹说，“快点！”

“就在附近，”特鲁普说，“别去船队那边乱跑。要是有人问我下了什么命令，照实说——因为你们啥也不知道。”

纵帆船的尾部系着一只红色的小平底船，上面写着“海蒂”。丹拉起船头的缆绳，轻轻扔到船底，哈维跌跌撞撞地跟在后边。

“你这样是上不了船的，”丹说，“这要是在海上，你早就掉进海里了。要想上船，你得学会把握时机。”

丹装好桨栓，再在横坐板上坐下，看着哈维干活。哈维曾经在阿迪朗达克水域里划过船，样子像女士一样轻柔；不过，轻便的单人桨和短粗的8英尺长的海桨还是有区别的。他们被困在了轻柔的波涛里，哈维开始嘟囔起来了。

“快！快划！”丹说，“要是你把桨困在海里，船就会被打翻。这艘船很漂亮吧？也是我的。”

小船非常干净。船艄放着一只小小的锚，两壶水，能探测70英寻水深的棕色细锚绳。在哈维的右手下方，一只马口铁号角挂在楔子上，旁边有一把丑陋的大锤，一支短柄鱼叉，还有一根短木棍。两条绳子上挂着沉重的铅锤和双头鳕鱼钩，它们整整齐齐绕在方轴上，插在船舷上。

“船帆和桅杆呢？”哈维问。他的双手已经磨起了水泡。

丹咯咯地笑起来。“你没怎么划过平底船，你得拉桨，但不要那么用力。你难道不想要一艘这样的船吗？”

“哦，要是我开口的话，我爸也会送我一两艘船的。”哈维回答道。他一直在忙，直到这时，他才想起他的家人。

“那倒是。我忘了你爸是百万富翁啦。你现在的表现可不像个有钱人。不过，一艘船，索具，钓具——”丹把它描述得仿佛是一艘捕鲸船一般——“要花不少钱呢。你觉得你爸会像送宠物一样给你？”

“根本不用担心。这是我至今唯一没向他提过的要求。”

“那你肯定是家里最费钱的孩子了。哈维，别那样划。速度是关键，因为大海不是静止不动的，海浪会——”

“啪！”的一声，船桨柄砸在了哈维的下巴上，哈维向后倒去。

“我正要说这个事。我也尝过这滋味，不过，我学划船时还不到 8 岁。”

哈维下巴疼得厉害，皱起眉头，重新坐好。

“爸爸常说，一遇上事就发火是没用的，处理不好是我们自己的问题。在这儿试试。曼纽尔会告诉我们水深的。”

“葡萄牙”水手划着船在一英里外随波浪起伏。当他看到丹倒拿着船桨时，他用左臂挥了三下。

“三十英寻，”说着，丹用钩子钩起一串蛤蜊，“超过那些兵蛋子。像我这样放诱饵，哈维，不要乱搅你的线轴。”

还没等哈维掌握放诱饵的诀窍，扔出铅锤，丹的绳子早已不见了踪影。平底船随意漂荡，直到他们找到合适的抛锚位置时，才停下来。

“我们来了！”丹大喊道。船舷边有一条大鱼在扑腾，溅起的一阵水花淋湿了哈维的肩膀。“大家伙，哈维，大家伙！在你手底下！快！”

显然，“大家伙”并不是指晚餐号角。于是，哈维递过木棍。丹把鱼打晕，拉上船。然后，他又用被称为“击鱼棒”的短木棍扳开鱼钩。哈维感到一阵拖拽，赶紧使劲儿拉绳子。

“哎呀，这是海草莓果子！”他大喊，“看！”

鱼钩被一堆海草莓缠绕住了，一边是红色，另一边是白色——简直和陆地上的草莓一模一样，只不过没有叶子，管状的根茎黏糊糊的。

“别摸，扔掉！别——”

警告来得太晚。哈维早已从鱼钩上取下果子，满心欢喜地打量着。

“哎哟！”哈维大叫一声。他好像抓了一把荨麻一样，手指疼得直发抖。

“现在，你知道海草莓是什么东西了吧。除了鱼之外，光着手不能碰触任何东西，爸爸说的。把它们从船舷上甩下去，挂好诱饵，哈维。光看是没用的。这都要跟工钱挂钩。”

想到自己一个月十块五毛钱的工资，哈维就笑了。他想，要是妈妈看到儿子乘着一艘平底渔船漂荡在大海中央，她会怎么想呢？每次他去萨拉克湖，母亲总要痛苦万分。而且，哈维清楚地记得，他经常嘲笑妈妈的紧张和担心。突然，绳索从手里穿过，隔着厚厚的羊毛手套刺痛手掌，原本起保护作用的木圈也没用了。

“它是个大家伙，它有多大劲，你给多大余地就行，”丹叫嚷道，“我来帮你。”

“别，你别管，”哈维抓着绳子，“啪”的一声，“这是我的第一条鱼。是——是条鲸鱼吗？”

“也许是条大比目鱼。”丹低头盯着水里的大家伙，随时等待机会行动。一个白色的椭圆形东西穿行在绿色的大海里，闪闪发光。“我拿我的工钱打赌，它肯定超一百磅了。你还是坚持要自己一个人把它拉上船吗？”

哈维的关节被磨破了，撞在船舷上，一直在流血；他用力拉动绳子，兴奋的脸呈现出绛紫色；汗如雨下的他，盯着急速跳动的鱼线，阳光照射下的海面泛起了晕圈，几乎刺得他无法睁开眼睛。两个男孩被大比目鱼纠缠得筋疲力尽，大鱼和他们又鏖战了20分钟。不过，大鱼最终还是被拉出水面，拖到了船上。

“这就是新手的好运气，”丹擦了擦额头的汗水，说，“这条鱼足足有一百磅。”

哈维望着这个颜色杂乱的庞然大物，内心充满难以言说的骄傲。他在岸上时，见过几次这样的大鱼被放在大理石板上，但他从没想过问问它们是怎么上岸的。现在，他明白了。这是用身上的每一个部位的疼痛换来的。

“要是爸爸也在的话，”丹一边拖拽，一边说，“他早就看得一清二楚了。这种鱼越来越小。你今天捕到的这条大比目鱼应该是这趟出海最大的了。昨天的捕捞——你注意到没？——都是大鱼，但是没有比目鱼，爸爸早就发现了。爸爸说大浅滩的所有东西都会成为预兆，而且他能分析出对错。爸爸看得比这鲸鱼洞还要深。”

正当他说话时，从“我们在此”号传来一声枪响，索具上挂起一只土豆篮子。

“瞧，我说什么来着？这是在召唤所有人。爸爸有话要说，要不然他不会在一天的这个时候叫人们停下来。收起鱼线，哈维，我们回去。”

丹和哈维迎着纵帆船划过去，正要穿过平静的海面时，半英里外传来了哀号声。他们赶紧循声望去，看到宾像一只巨大的水生蜻一样，忙活半天却还在原地打转。这个小个子男人使出全身力气又是前俯，又是后仰，但是每次尝试都失败了，他的平底船还是来回摇摆，让绳子紧紧勒住了。

“我们得去帮他，要不然他准会在那儿生根发芽的。”丹说。

“怎么回事？”哈维问。这是一个全新的世界，哈维无法在这里向前辈发号施令，还得毕恭毕敬地请教问题。大海广阔无垠，喜怒不惊。

“锚找不到了。宾经常把它们弄丢。这趟出海，他已经丢过两次了——在沙地里也丢——爸爸说下次他要是再弄丢的话，就会给宾一只应急锚。那样准会让宾伤透心的。”

“什么是应急锚？”哈维又问。他模模糊糊地预感，这个应急锚应该是一种海上的酷刑，类似故事书里描写的把水手绑在船底，在水里拖着走。

“其实，就是一块大石头，不是什么锚。看见平底船，你就能看见船头的应急锚。所有的捕鱼船都明白那是什么意思。他们肯定会狠狠地取笑他。宾可无法忍受这样的事情，就像一条狗绝不允许它的尾巴上挂着一只长柄勺。他是一个非常敏感的人。嗨，宾！又被困住了？别再白费力气了。站起来，把你的钓竿竖起来。”

“它动不了啦，”小个子男人气喘吁吁地回答，“它根本动弹不了，我已经试过无数次了。”

“这堆乱七八糟的东西是怎么回事？”丹指着没用的船桨和钓竿问，它们横七竖八地交错在一起，这明显是没有经验的新手干的。

“哦，那些啊，”宾自豪地说，“那是西班牙起锚机。索尔特先生教过我怎么操作；可是用上它也不顶事儿。”

丹在船舷边弯下腰，偷偷捂着嘴笑起来。他用力猛拉了一两下，锚立刻被拉了起来。

“拉起来，宾，”他笑着说，“要不然又被卡住了。”

哈维和丹离开了，只剩宾瞪大两只蓝色的眼睛，可怜巴巴地盯着被杂草缠绕的锚，还不忘对他们表达深深的谢意。

“哦，我说，一想到这事儿，哈维，”当再也听不到宾的声音时，丹说，“宾不是脑子糊涂，他也并不是什么危险人物，但他的才能已经用光了。看到了吧？”

“真是这么回事，或者这又是你爸爸的判断呢！”哈维弯腰撑着船桨问道。他感到自己慢慢学会了如何轻松地操作船桨。

“爸爸这次的判断没有问题。宾肯定是个十足的怪人。不，确切地说并不是那种坏蛋，他更像一个没有伤害能力的傻瓜。就这么用（哈维，对了，就这样划），我告诉你，你应该明白。他以前是一个摩拉维亚[1]传教士。爸爸说，他的名字叫雅各布·鲍勒，他和他的老婆还有四个孩子住在宾夕法尼亚州外面的一个什么地方。嗯，宾带着他的家人去参加摩拉维亚集会——很像是信徒们的野营集会——他们在约翰斯敦[2]就待了一晚上。你听过约翰斯敦吗？”

哈维想了想，说：“是的，听过，但不知道为什么，我的脑子里总觉得它跟阿什塔比拉[3]差不多。”

“两个地方都发生过大事——这就是你搞混的原因，哈维。噢，一夜之间全都完蛋了，宾和他的家人在约翰斯敦的旅馆里都出了事。大坝决堤，淹没了约翰斯敦，那儿的房子都被冲走了，

---

[1] 摩拉维亚教，基督教新教的一个教派。

[2] 约翰斯敦，位于宾夕法尼亚州，1889 年 5 月 31 日，约翰斯敦 12 英里外的水坝垮塌，造成 2209 人死亡，被称为最大的平民遇难事件。

[3] 阿什塔比拉，美国俄亥俄州东北部的工业城市和湖港，1876 年 12 月 29 日，该市的一座铁路桥因大雪坍塌，造成 85 人死亡。

你推我撞，全部沉入水底。我见过照片，太可怕了。宾还没明白过来发生了什么事，就眼睁睁地看着家人被淹死了。从那以后，他的脑子就坏掉了。他怀疑约翰斯敦发生过什么事情，只不过可怜的他，这辈子也想不起那是怎么回事儿。他只会傻笑，或者瞎琢磨。他不知道自己是谁，也不知道自己打哪儿来，就这样他碰到了索尔特叔叔。当时，索尔特叔叔正好在阿勒格尼[1]。我妈这边的亲戚，有一半住在宾夕法尼亚。索尔特叔叔每个冬天都会去那儿转悠。索尔特叔叔好心收留了宾，而且他对整个事件很清楚。他把宾带到东部，在他的农场给他找了份工作。”

“怪不得呢。昨晚，渔船碰撞的时候，我听见他喊宾‘农民’，那你的索尔特叔叔也是农民吗？”

“农民！”丹大叫起来，“从这儿到哈特拉斯[2]的水都不够把他那靴子里的泥洗干净。他是个地地道道的农民。知道吗？哈维，我见过他提着水桶，一直忙到太阳下山。他把水龙头放在桶上，就像抓着奶牛的奶头一样，他真是十足的庄稼人。嗯，他和宾一起经营着农场。今年春天，索尔特叔叔把农场卖给了一个波士顿的傻瓜，那个人想盖一座避暑别墅，花了不少钱。嗯，两个疯狂的家伙勉强度日。直到有一天，宾的教会——摩拉维亚——发现他流浪和定居的踪迹。于是，他们写信给索尔特叔叔，不知道他们具体说了什么，但是索尔特叔叔挺生气，他大多数时候都不会发脾气。他宣布自己不会放弃宾，不会把他还给宾夕法尼亚或任

[1] 阿勒格尼，宾夕法尼亚的一个港口城市。

[2] 哈特拉斯，位于美国北卡罗来纳州的最东部。

何地方的摩拉维亚教会。然后，他找到了爸爸，领着宾，在两个捕鱼季前来的——还说，他和宾为了生活必须打鱼。我想，他认为摩拉维亚教会的人不会到大浅滩去寻找雅各布·鲍勒。爸爸很高兴地接受了他们。索尔特叔叔已经30年没出海了。他不再去研究粪肥专利，在‘我们在此’号上占四分之一的份额。出海对宾起了很好的作用，爸爸也习惯带着他。爸爸说，总有一天，他会想起约翰斯敦的老婆和孩子。然后，很有可能，他也活不下去了。这是爸爸说的。你可千万别和宾提起约翰斯敦或者相关的事情，否则，索尔特叔叔会把你扔下船。”

“可怜的宾！”哈维低声说，“看他俩的样子，我从来没想过，索尔特叔叔会那么关心宾。”

“我喜欢宾，我们都喜欢。”丹说，“我们应该帮他，但是我想先给你说一下他的情况。”

此刻，他们离纵帆船很近了，其他船在他们后边的不远处。

“你们用不着把平底船拉回来，吃完晚饭也不晚。”迪斯科·特鲁普在甲板上说。“我们先去加工鱼。摆好桌子，孩子们！”

“比鲸鱼洞还深奥的人，”丹说道。他一边冲哈维眨眼，一边准备好工具。“看见那些船了吗？它们从早晨就跟上了。它们都在等爸爸，瞧见没，哈维？”

“在我看来，他们都一样。”的确，对于一个从没出过海的新水手来说，这些晃晃悠悠的纵帆船好像是从一个模子里刻出来的。

“那可不一样。黄色的那个，脏兮兮的，第一斜桅歪七扭八的，它是‘布拉格’号。船长叫尼克·布兰迪，大浅滩上最小气的一个人。等我们到了缅因礁时，我们就敢这么说他。远处是‘瞭望’号。船主是哲罗德两兄弟。这艘船来自哈维奇[1]，速度特别快，运气也不错。不过，爸爸可是在死亡之地里捕过鱼的人。还有那三艘，一起挨着的，分别是‘玛吉·史密斯’号、‘玫瑰’号和‘伊迪斯·沃伦’号 。都是刚出来。我猜，明天就能看见‘艾比·迪林’号了，爸爸，对吧？它们都是悄悄从奎因浅滩出发的。”

“明天见不到那么多船，丹尼。”每当特鲁普叫他儿子“丹尼”时，准意味着老头心情不错。“孩子们，这儿太拥挤了。”接着，他对陆续上船的船员们说，“让他们等着吧，放大饵，钓小鱼。”特鲁普看着鱼舱，里面的鱼不怎么游动，这是奇怪的一件事。除了哈维的大比目鱼，船上再没有超过 15 磅的鱼了。

“我在等合适的天气，”特鲁普又说。

“那你得自己想办法了，特鲁普，我看不出有什么好天气。”说着，长腿杰克扫了一眼平静的海平面。

然而，半个小时后，他们正在加工鱼。大浅滩开始起雾了，就像他们说的“大雾遮住了每条鱼”。大雾四处弥漫，层层笼罩。苍茫的海面上雾气缭绕。船员们停下手中的工作，一声不吭。长腿杰克和索尔特叔叔把起锚机插进插口里，开始起锚。湿漉漉的麻绳在滚筒上绷紧时，起锚机发出咯吱咯吱的声音。最后，曼纽

---

[1] 哈维奇，位于马萨诸塞州。

尔和特鲁普也开始帮忙了。锚杆升了起来，发出呜咽的声音，三角帆也涨起来了，特鲁普稳稳地操作着轮舵。他说："把三角帆和前桅大帆都撑起来。"

"悄悄甩掉它们，"长腿杰克大喊。他迅速拉起三角帆，其他人咔嗒咔嗒地把前桅帆升了起来。"我们在此"号迎风而行时，前桅咯吱咯吱作响。纵帆船行驶在大浅滩里，翻起白色的巨浪。

"大雾后肯定会起风。"特鲁普说。

对于哈维来说，这种感觉妙不可言。最令他高兴的事莫过于特鲁普没有对他下任何命令，只有偶尔嘟囔几句，最后还会加一句"干得好，我的孩子！"做总结。

"以前没见过起锚吧？"汤姆·普拉特问。哈维望着潮湿的帆布，惊得目瞪口呆。

"没有，我们要去哪儿？"

"打鱼，停泊。等你在船上待上一个星期，你就会明白的。对你来说也许很新鲜，可我们永远不知道会发生什么事情。现在，跟着我——汤姆·普拉特——我从没想过——"

"一个月 14 美元总比被子弹打穿肚子强，"特鲁普一边驾驶一边说，"放松点，别紧张。"

"钞票更好，"好战的男人一边回答，一边把圆木桅杆系到三角帆上。"不过，我们给博福港外面的'吉姆小姐'号装配起锚机时，却没想这些。梅肯堡向我们的船尾开火。真是一场灾难。迪斯科，那时你在干吗？"

"就在这儿，或者附近的什么地方。"特鲁普回答，"在深水区挣钱，躲避海盗。对不起，汤姆·普拉特，我这儿没有炮火。不过，我想我们到东边时，正好能赶上大风。”

船头传来持续不断的拍击声和震颤声，夹杂着重重的撞击声和海浪哗啦啦拍打船舷的声音。索具湿漉漉地滴着水，船员们懒洋洋地躺在船舱的下风处——只有索尔特叔叔僵直地坐在主舱口处，抚摸着被蜇伤的双手。

“我想，那艘船会跟着的。”特鲁普抬起眼皮看了一眼他的兄弟。

“我猜它一点儿用都没了，干吗还浪费这些帆布？”农夫水手回答。

特鲁普手中的轮舵在转动，动作平稳得几乎察觉不到。几秒后，一个大浪呼啸着向纵帆船斜劈过来，重重地打在索尔特叔叔的肩膀上，把他从头到脚淋了个透。索尔特叔叔湿漉漉地站起来，刚要向前走，又一个大浪砸过来。

“看，爸爸在甲板上追着他到处跑，”丹说，“索尔特叔叔以为他的四分之一份额能抵得上船帆。这两次出海，我爸都这样。嗨！这样就能看出他是什么出身了。”索尔特叔叔刚藏在前桅那儿，一个海浪就把他拍倒了。特鲁普面无表情，脸上就像旋转的轮舵一样有条不紊。

“索尔特，要是下面有支索帆的话，划起来就容易多了。”特鲁普说道，他好像什么都没看见一样。

“放好你那破玩意儿。”飞溅的水花中传来一个咆哮的声音；“不管发生什么事儿，只要不打扰到我就行。宾，你直接下去，拿自己的咖啡。你应该更清楚，在这样的天气里，别在甲板上到处晃悠。”

“这会儿，他们肯定在大口喝着咖啡，下着跳棋，然后一直等到母牛回家。”丹说道。索尔特叔叔把宾推到前面的船舱里。“我看咱们得这么过一段时间了。在大浅滩不打鱼，会闲得发疯的。”

“很高兴你能这么说，丹尼，”长腿杰克大声说。他一直在琢磨着找乐子。“我已经忘得一干二净了，我们有一位戴着油布帽的乘客啊。不打鱼也不能闲着什么都不干。汤姆·普拉特，叫他过来，我们来教他。”

“这次可不是我的主意，”丹咧嘴笑着说，“你得自己一个人去。我可是爸爸用绳头教会的。”

长腿杰克追着他的猎物，足足说教了有一个小时。“不管是瞎子，醉鬼，还是迷糊的人，每个人都应该了解大海。”这艘70吨的纵帆船设备并不齐全，只有一支树桩一样的前桅，可长腿杰克却有一种表达的天赋。当他想把哈维的注意力吸引到斜桅顶的吊索上时，他就会用胳膊的关节卡住男孩的脖子，使他足足盯了半分钟。为了强调船头和船尾的区别，他让哈维亲身体验了一段浮栅栏。在绳头的作用下，每条绳索上的铅锤也都深深刻在了哈维的脑海里。

如果整个甲板都空空荡荡的，海上的课程也就没那么难了。只不过这儿什么都能放，就是不能站人。甲板前面是挂着铁链和麻绳的起锚机和钓具，想跨过去都不容易。前甲板上是烟囱，舱口处摆着盛放鱼内脏的桶，后面的主桅杆占了大部分位置，水泵和敷料桶几乎没地方放。平底船都被拴在后甲板区带环的螺栓上，棚、缸、零散的东西散布其间。最后，还有支架上那根60英尺高的吊杆，纵向劈下来，每次经过时都要低头弯腰。

当然，汤姆·普拉特忙得不可开交，但还是不忘绘声绘色地描述"旧俄亥俄"号的船帆和桅杆。

"别管他说什么，听我的，太天真了。汤姆·普拉特，这个讨厌的家伙，这不是'旧俄亥俄'号。你把孩子都搞晕了。"

"他这辈子算完了，翻来覆去地听这些，"汤姆·普拉特恳求道，"给他个机会了解一些基本原则，哈维，航海是一门艺术，要是我们在前甲板上，我可以给你展示——"

"我知道，你说过好多遍了。闭嘴，汤姆·普拉特！现在，照我说的去做。收起前帆，哈维，抓紧时间回答问题。"

"把它拉起来。"哈维指着下风处说。

"拉什么？北大西洋？"

"不是，是帆杆。然后，把你刚才给我看的那条绳子拉回——"

"不行。"汤姆·普拉特突然插嘴道。

"安静点！他正学着呢，而且还没记清楚名字。继续，哈维。"

"嗯，这是收帆索。我把钓具钩在上面，然后放下——"

"把帆降低，孩子！降低！"出于职业习惯，汤姆·普拉特生气了。

"降低帆喉，拉起吊索。"哈维继续说道。这些名词都堆积在他的脑海里了。

“把你的手放在上面。”长腿杰克说。

哈维照做了。“放低，直到绳环——放松——天哪——不，那是索圈——直到勾住索圈。然后，我会按照你所说的把它们拴在一起，吊到最高处，然后再降低帆喉。”

“你忘记拉耳索了，不过，只要有时间，有人帮你，你肯定能学会。船上的每条绳子都是有用的，要不然早被扔下去了。听明白了吗？我可是在教你怎么赚钱呢，你这个皮包骨头的小保管员。等你学会了，就能自己划船从波士顿去古巴了，然后告诉他们长腿杰克是怎么教你的。现在，我再教你认绳索，拿起那些绳子，照我说的给我指出来。”

他又开始讲了，疲惫不堪的哈维慢慢走向他说的那些绳索。一条绳子抽在哈维的肋骨上，疼得他差点没喘过气来。

“等你有了自己的船，”汤姆·普拉特严肃地看着他说，“你可以自己驾驶。到时候，把所有学到的都用上。再来一次——这样才能学会！”

紧张的训练让哈维满脸通红，最后的教训令他浑身发烫。他是个聪明的孩子。爸爸非常聪明，妈妈异常敏感，原本就很倔强，从小的宠溺更让他变成一个顽固分子。他望着其他人，发现就连丹都没有笑。显然，他们已经司空见惯了。于是，虽然很疼，但他也只能咽了一大口口水，喘了口气，咧嘴笑了笑。遗传自母亲的聪明使得他非常清楚，船上的每个人，也许除了宾以外，都不会多说一句。这样的方法能让他学到很多。长腿杰克说出六根绳索的名字，哈维站在甲板上跑来跑去，像退潮时的鳗鱼一样活跃，一只眼睛还得提防汤姆·普拉特手里的绳头。

“很棒，做得不错，”曼纽尔说，“晚饭后，我给你看一个我做的小纵帆船模型，上面挂满了绳索。那样，我们就能再学习了。”

“对于一个乘客来说，你的表现是一流的。”丹说，“爸爸说在你被淹死前，会教你一些海上技能。爸爸真大方，下次咱俩一起值班时，我再教你。”

“浪更高了！”特鲁普气冲冲地喊。从船舷上放眼望去，大雾正在升腾。起重杆慢慢升起，10 英尺外什么都看不到。深沉空洞的海浪依旧在低吟，一浪接一浪地拍打着船舷。

“现在，我来教你一些长腿杰克不会的。”汤姆·普拉特大声说。他从船尾的储物柜里取出一把破旧的深海铅锤。铅锤的一端是空的，他从羊油托盘里取了些羊油抹在洞口，继续说：“我教你怎么放这只蓝色的鸽子。呼！”

特鲁普检查了航线，修正了轮舵方向。曼纽尔在哈维的帮助下（哈维现在非常自豪）放下吊杆上的三角帆。汤姆·普拉特一圈一圈地甩着铅锤，发出低沉的嗡嗡声。

“伙计，快点，”长腿杰克不耐烦地说，“大雾天，我们连 25 英尺都走不了。什么办法都不管用。”

“戈尔韦人，别嫉妒。”说着，他一松手，铅锤扑通一声掉进远处的大海里，纵帆船缓缓驶向前方。

“不过，测水深可是个技术活哦，”丹说，“要是在海上待一个星期，你只能靠铅锤了。你觉得有多深，爸爸？”

特鲁普的脸色轻松自若。他的技术和名气在整个捕鱼船队里早已被悄然认可。据说，蒙着眼睛他都能找到大浅滩，他简直被奉为大师。“60 英尺，可能是——要是让我判断的话，”他瞥了一眼房间里的小指南针，说道。

“60。”汤姆·普拉特收起一堆湿透了的绳子。

纵帆船再次加速。“扔铅锤！”15 分钟后，特鲁普说。

“多少？”丹骄傲地看着哈维，低声问道。哈维完全沉浸在自己的表现里，丝毫没有注意到丹的问话。

“50，”特鲁普说，“我猜，咱们离原来的地方有五六十英尺远，快到裂口处了。”

“50！”汤姆·普拉特大声回答。大雾里，人们几乎看不到他，“再有一码，她就到了——就像炮弹打开梅肯堡的缺口一样。”

“哈维，放饵。”丹在水下摸着绳子。

纵帆船在浓雾中似乎迷失了方向，前帆已经涨满。船上的其他人等在一旁，看着两个孩子钓鱼。

“嚯！”丹把鱼线挂在斑驳的扶手栏杆上。“可是，爸爸到底是怎么知道的？哈维，过来帮忙。这是个大家伙。上钩啦。”说着，他俩一起使劲，拉起一条瞪大眼睛的鳕鱼，大约有 20 磅重。鱼钩正好插进了它的胃里。

“怎么，它的身上全是小螃蟹。”哈维翻过鱼身，大叫道。

“凭巨锚起誓，它早就长满虱子了。”长腿杰克说，“特鲁普，不忙的话看看船底的龙骨。”

水花拍打着锚，所有人都等在船舷边，各自站好，抛出鱼线准备钓鱼。

“这鱼能吃吗？”哈维气喘吁吁地问。他又拉起一条覆盖了螃蟹的鳕鱼。

“当然！长满虱子，说明它们是聚在一起的，它们咬住鱼钩的时候太饿了。不要在意如何放饵。就算光秃秃的鱼钩，它们也会迫不及待。”

“嗨，太好啦！”哈维大叫起来。鳕鱼喘着粗气，拼命拍打——就像丹曾经说过的那样，几乎全都上钩了。“我们为什么不能在船上钓鱼，非得在平底船上钓呢？”

“可以，但是等我们开始加工鱼的时候就不行了。那样，鱼头和内脏会把鱼群吓得跑到芬迪湾[1]。在船上钓鱼并不先进，除非你能像爸爸一样懂那么多。我估计今晚的排钩不够用。背疼也比在平底船上捕鱼要强，对吧？”

这真是一份劳累至极的工作。因为在平底船上，直到拉上的最后一刻，海水会一直托着沉重的鳕鱼。可以这么说，你和鱼是并排着的。但是，纵帆船的干舷有几英尺高，所以要在船舷处俯下身，使出更大的力气才可以把鱼拉起来。不过，俯身会让肚子抽筋。这项工作持续时间较长，被认为既野蛮又激烈。等到鱼不再咬钩时，船上就已经堆满了等待加工的鱼。

“宾和索尔特去哪了？”哈维问。他拍了拍油布雨衣上的淤

[1] 芬迪湾，位于加拿大新斯科舍省和新伯伦瑞克省之间，呈东北－西南走向。以其迅速涨落的潮汐闻名于世。

泥，学着其他人的样子把鱼线盘起来。

“在边喝咖啡边看。”

制转杆上挂着一盏油灯，黄色的火苗跳动着。桌子已经摆好，两个男人坐在那里，二人中间放着一张棋盘，他们只顾下棋，丝毫不关心外面的鱼群或是天气如何。宾每走一步，都要怒吼几句。

“你怎么搞的?”索尔特叔叔斥责的时候，哈维正一只手拉着梯子顶端的皮圈，朝厨师大喊。

“有好多长满虱子的大鱼——一堆一堆的。”哈维学着长腿杰克的样子问，“游戏进展得怎么样?”

小个子宾垂头丧气的。“他全下错了，”索尔特叔叔愤愤地说，“宾根本不听。”

“在下跳棋，是吗?”丹问道。哈维提着锡桶，跌跌撞撞地走过来，里面装满了热气腾腾的咖啡。“今晚不用咱们打扫了。爸爸很公正，该轮到他们了。”

“两个小鬼。他们打扫，你俩挂饵。”特鲁普一边说，一边随意转动轮舵。

“哼！我想，那我宁愿去打扫。爸爸。”

“用不着怀疑。不过，不用你俩打扫。干活！干活！你俩放饵，宾负责扔。”

“臭小子，为什么不告诉我们你们要钓鱼?”索尔特叔叔在桌子前忙个不停，“丹，刀子太钝了。”

“如果放锚链都惊动不了你的话，我估计你真得雇个助手了。”黄昏里的丹穿梭在拖网和鱼桶间，“噢，哈维，你难道不想下来帮忙吗？”

“放饵，”特鲁普说，“我想，照这样下去，鱼鹰捕的鱼都没我们多。”

他的意思是，等鳕鱼被清理干净后，孩子们会选一些内脏当诱饵——比起光着手在鱼饵桶里乱摸已经强多了。桶里装满缠绕整齐的鱼线，上面每隔几英尺就挂着一个大鱼钩；检查每一个鱼钩上都挂好了鱼饵，保证从平底船上干脆利落地放下诱饵，这可是细致活儿。丹看都不用看就能放饵，哈维却把手指挂在了倒钩上，觉得自己好倒霉。鱼钩在丹的指间穿梭，像在一个技艺娴熟的女仆手中一样。“我还没走利索的时候，就已经在岸上帮忙拖网了。”他说，“不过，这活儿很费事。哦，爸爸！”丹冲着舱口大喊，特鲁普和汤姆·普拉特正在给鱼抹盐。“你觉得我们大概需要几盘鱼线？”

“3盘左右。快点！”

“每个桶里大约有300英寻长的鱼线，”丹解释说，“今晚够忙活了。哎哟！割破了。”他咬着手指说，“我告诉你，哈维，在格洛斯特，拖网渔船花再多的钱都雇不到我。它是很先进，但也是最麻烦的。”

“如果这不是拖网渔船，我不知道你说的是什么。”哈维闷闷不乐地回答，“我的指头都割破了。”

“呸！这正是爸爸做的一些该死的实验。他从不用拖网捕鱼，除非必须做不可。爸爸心里清楚，所以他总是用诱饵捕鱼。鱼线被拽得下垂时，说明鱼上钩了，这样才能拉起来，要不然连鱼鳍都见不着。”

宾和索尔特叔叔遵照特鲁普的命令去清理渔船，不过孩子们也并不轻松。汤姆·普拉特和长腿杰克一直打着灯笼在平底船里待命，鱼桶一准备好，他们就立刻抓起来装满，放一些彩色的小浮标，把小船放进哈维认为是极其狂暴的大海里。“他们会被淹死的，我说，平底船满得像一节货运车厢了。”他大喊道。

“我们会回来的，”长腿杰克说，“除非你们不想让我俩回来。如果鱼线缠住了，我们会揍你俩的。”

平底船随着波峰涌起，无法躲开纵帆船，眼看着要撞上去的时候，却顺着波峰滑下来，被吞没在湿漉漉的暮色中。

“抓紧，一直摇铃，别停。”丹说着，从起锚机后面取出一根系着铃铛的绳子，递给哈维。

哈维拼命地摇铃，因为他觉得自己手里握着两条命。船舱里的特鲁普正在潦草地记录着自己的航海日志，看起来并不凶恶。晚餐时，他甚至还朝忧心忡忡的哈维干巴巴地笑了。

“天气不好，”丹说，“喂，你和我把排钩放下来！他们刚走没多远，不会被锚链缠住。根本不需要铃铛。”

“叮当！叮当！叮当！”哈维还在摇铃，夹杂着咚咚声，又持续了半个小时。旁边传来吼叫声和碰撞声。曼纽尔和丹一起去拉吊平底船的滑车。长腿杰克和汤姆·普拉特一起登上甲板，仿佛身上被半个大西洋浸透了一样。平底船咯噔咯噔地跟在他们后边，被吊了起来。

“鱼线没缠住，”汤姆·普拉特身上的海水还在往下滴，说，

"丹尼，下次还是你来做。"

"有你们陪着吃晚餐真高兴。"长腿杰克像大象一样跳着，把靴子里的水倒出来，用油乎乎的手摸了摸哈维的脸。"第二轮吃饭时，能有我们陪着是多么荣幸的事啊。"接着，四个人都去吃晚饭了。哈维把鲜鱼汤喝了个底朝天，煎饼也吃了个精光。曼纽尔从储物柜里取出一艘精巧的两英尺高的模型——"露西·福尔摩斯"号。这是他的第一艘船，不过，还没来得及给哈维展示绳索，哈维早已呼呼大睡。宾把哈维推到床铺上时，哈维甚至连手指都没动一下。

"这真是一件令人难过的事情——非常难过。"宾望着男孩的脸庞说，"他的爸妈都以为他死了，丢了一个孩子——丢了一个男孩！"

"别提这事儿，宾。"丹说，"到后面去，和索尔特叔叔把那盘棋下完。告诉爸爸，要是他不介意的话，我替哈维值班。他累垮了。"

"真是个好孩子，"曼纽尔匆匆脱下靴子，消失在黑乎乎的下铺。"他能成为一个男子汉的，丹尼。我不觉得他像你爸爸说的那样疯狂。额，什么？"

丹咯咯地笑了，不过笑声很快在鼾声中结束了。

船舱外，夜色深沉。起风了，年长的人们还在守夜。船舱里，钟表的滴答声清脆而响亮。纵帆船懒洋洋地停泊在海上，海水拍打着船舷。烟囱嗞嗞地冒着烟，火花毕毕剥剥作响。两个孩子还在睡觉，特鲁普、长腿杰克、汤姆·普拉特和索尔特叔叔轮流值班，盯着轮舵，拖着疲惫的步子到前面去看锚，为避免磨损会放松一点缆绳，每次轮班他们都要瞥一眼昏暗的停泊灯是否还亮着。

第四章

Chapter Four

哈维醒来时，发现第一分队的人们在吃早饭，“吱呀”一声门开了，纵帆船的每一平方英尺都在吟唱自己的曲调。黑人厨子站在小厨房的后面，魁梧的身影随着壁炉的火光一起摇曳。镂空木板上的坛坛罐罐随着纵帆船的起伏发出丁零当啷的声音。船头一直朝前，奋力奔向远方，随波涛起伏，在海里震颤。接着，她又像一只镰钩一样干脆利落地俯冲向海面。他听到船头劈裂浪花时发出的咔嚓声，飞溅的水花在落到甲板上之前停顿了一下，像铅弹一样倾泻而下。锚链孔里的缆绳发出混乱的噪音，起锚机沉闷而尖锐地吼叫着，经过一系列的转向、抛起、反冲，“我们在此”号积蓄力量，继续前进。

“现在，要是在岸上，”长腿杰克说，“你那些乱七八糟的活儿，不管什么样的天气，都必须干完。在这儿，我们摆脱了船队，再也没有那么多麻烦事——真是天助我也。晚安，大伙儿。”他像一条蛇一样从桌子旁溜到床上，开始抽起烟来。汤姆·普拉特也跟着他照做了；索尔特叔叔和宾摸索着爬上楼梯去站岗，厨子开始为第二分队准备晚饭。

第二分队的人从床上爬起来，摇摇摆摆地打着哈欠，其他人早已爬上了床铺。他们吃得再也吃不下一口饭后，曼纽尔往烟斗里装了些劣质烟草，两腿叉开坐在制转杆和床铺间，双脚斜搁在桌子上，一边抽烟，一边温和而慵懒地微笑着。丹全身舒展，躺在床上，摆弄着一架花哨的、配有镀金塞子的手风琴。伴随“我们在此”号的前进，曲调时而悠扬时而起伏。厨子的肩膀靠着储物柜，里面放有煎饼（丹喜欢煎饼）和削好的土豆。他盯着壁炉，以防水会顺着管道溢出来。整个房间到处弥漫着饭味和浓烟。

哈维正在思考，纳闷自己为什么没有晕得死去活来。然后，他再次爬上床，那是最舒服最安全的地方。丹继续演奏“我可不想去你的地盘儿”，他尽量保持着音准，不受颠簸的影响。

“这要持续多久？”哈维问曼纽尔。

“等到大海平静下来，我们就能划船去看排钩了。也许是今晚，也许还得等两天。你不喜欢吗？嗯，什么？”

“我本应该一星期前就大病一场的，不过现在也并没觉得有多难受。”

“那是因为我们让你成了渔民，就这几天。我要是你的话，等我到了格洛斯特，要为我的好运供上两三支大蜡烛。”

“给谁？”

“当然是——山上教堂里的圣母啊。她一直对我们渔民很好，所以，我们葡萄牙渔民很少被淹死。”

“你是罗马天主教徒，然后呢？”

“我是马德拉群岛[1]的。我不是波多黎各[2]人。那我能说自己是浸信会[3]教友吗？额，什么？我去格洛斯特，就经常送蜡烛——两根，三根，要么更多。善良的圣母从来没有忘记我，曼纽尔。”

“我不那么认为，”汤姆·普拉特在床铺上插嘴道。他划了一根火柴点烟，火光照亮了他有伤疤的脸。“大海就是大海，这是合乎情理的。这件事情上，你可以自己决定，选蜡烛或者油灯都可以。”

“有想法一致的朋友，”长腿杰克说，“那再好不过了。我和曼纽尔的思路一样。10 年前，我是一艘波士顿商船的船员。刮着东北风，我们离开米诺特暗礁。不过，刚开始就遇上了重重的大浪，迎面压下来。掌舵的老头喝得醉醺醺的，下巴靠着舵柄在打颤。我对自己说：‘要是我能再次回到码头，我就要给那些圣徒展示救我性命的那艘船。’现在，我就在这儿，正如你亲眼看到的，破旧的‘凯思林’号船的模型，花了我一个月的时间，我把它献给了牧师，他把模型悬挂在圣坛上。从艺术角度来看，亲手做个模型送过去，比送蜡烛有意义多了。你可以从店里买蜡烛，

---

[1] 马德拉群岛，非洲西海岸外，北大西洋上一个属于葡萄牙的群岛，位于里斯本西南约 1000 千米，离摩洛哥的海岸线约 600 千米。

[2] 波多黎各，位于加勒比海的大安的列斯群岛东部，北临大西洋，南濒加勒比海。

[3] 浸信会，又称浸礼会，基督新教主要宗派之一。17 世纪上半叶产生于英国以及在荷兰的英国流亡者中。当时属清教徒中的独立派。反对给儿童行洗礼，主张教徒成年后方可受洗，且受洗者须全身浸入水中，称为“浸礼”。并主张独立自主，反对英国国教和政府对地方教会的干涉。

可是一个模型能让善良的圣徒们明白，你是花了心思的，而且满心感激。”

“你相信吗，爱尔兰人？”汤姆·普拉特撑着胳膊肘转过身来。

“俄亥俄人，我要是不相信的话又能怎样？”

“哇哦，伊诺克·福勒做了一个‘旧俄亥俄’号的船模，现在放在卡朗博物馆，也是一个非常美丽的模型，不过，我想伊诺克绝不会奉献给教会；我觉得——”

长达一个小时的讨论全都围绕渔夫们的喜好展开。虽然经过了一轮一轮的争吵，但最终谁都没能证明什么。幸亏丹开始演奏欢快的乐曲，才结束了争论：

“跳跃的马鲛鱼，条纹的脊背
迎风的船帆
这是一个大风天——”

长腿杰克也跟着唱了起来：

“大风天
起风了，一起手挽手！”

丹坐在床上，慎重地看了汤姆·普拉特一眼，抱着手风琴继续唱：

“鳕鱼上下跳跃

呆头呆脑地跳上主链条，蹿上铅锤

大风天”

汤姆·普拉特好像在找什么东西。丹俯身蹲下，歌声却更响亮了：

“比目鱼游到了海底

笨蛋！笨蛋！注意你在哪里歌唱！”

汤姆·普拉特的大橡胶靴，盘旋着飞过前甲板，撞到了丹抬起的胳膊。大人和孩子之间开战了，因为当他举起铅锤时，他发现单调的口哨声会让别人不高兴。

“我想去拿你的宝贝，”丹小心翼翼地把靴子还给汤姆，说，“要是你不喜欢我的音乐，拿出你的小提琴。我可不打算在这儿躺一整天，听你和长腿杰克因为蜡烛吵个不停。汤姆·普拉特，你来拉小提琴，我来教哈维！”

汤姆·普拉特弯下腰，从储物箱里取出一把白色的旧小提琴。曼纽尔两眼放光，从制转杆后面拿出一件带弦的小乐器，有点像吉他，他说这是马谢特琴。

“开一场音乐会吧，”长腿杰克在烟雾缭绕中开怀大笑，“正儿八经的波士顿音乐会。”

舱门打开了，水花扑面而来。迪斯科身穿黄色的油布雨衣，走了下来。

“你来得正是时候，迪斯科。外面什么情况？”

“就那样！”随着“我们在此”号的颠簸起伏，他一屁股坐在了储物箱上。

“我们正在唱歌，消化消化早饭。当然，你来领唱，迪斯科。”长腿杰克说。

“我会唱的就那两首老歌，你们都听过了。”

没等他说完，汤姆·普拉特的忧伤曲调早已打断了他的托辞。这个声音好像海风发出的悲吟，又像桅杆发出的咯吱咯吱声。迪斯科看着头顶上方的横梁，开始哼唱一首古老的小曲，汤姆·普拉特卖力地围着迪斯科表演，以便让曲调和歌词更贴切些：

“吱吱呀呀的邮轮——大名鼎鼎的邮轮，
从纽约带来的问候，她的名字叫无敌战舰
也许你会说快船有很多——燕尾号和锚球号
然而，无敌战舰可以击败它们。”
“此刻，无敌战舰停靠在默西河，
拖船将她送入大海；很快，你会知道水有多深

（合唱）

她是利物浦的邮轮——哦，上帝，放行吧！”

曲子共有二十节，因为他在无敌战舰上工作过，从利物浦到纽约的每一英里都没有错过。他深情地演唱着，仿佛真的置身于那艘战舰的甲板之上。在他的身旁，手风琴发出有力的节奏，小提琴也在吱吱呀呀地响。汤姆·普拉特跟着唱了一首《粗犷坚强的麦克·吉恩为舰船领航》。接着，他们又喊了哈维。哈维深感荣幸，很乐意参与进来，只不过他只记得《艾尔森船长的航行》的只言片语，那是他在阿迪朗达克的营地学校学到的。似乎这首歌正适合此情此景，可是没等他说出歌曲名称，迪斯科“啷”的一声跺了一下脚，大叫：“小鬼，别唱了。这是错误的判断——也是最糟糕的一种，因为它很刺耳。”

“我本应该提前警告你的，”丹说，“这首歌让爸爸很恼火。”

“怎么回事？”哈维问道。他既觉得惊讶，又感到有点生气。

“你要说的，”迪斯科说，“从头到尾都是错的，都怪惠特尔。我没有特殊的义务去纠正每个马布尔海德人，但艾尔森没错。我爸一遍一遍地给我讲那个故事，我知道。”

“说过一百次啦。”长腿杰克低声插嘴道。

“本·艾尔森是‘贝蒂’号的船长，是个年轻人，刚从大浅滩回家——那是在 1812 年战争之前，但正义不灭。他们发现了波特兰的‘活跃’号，当地的吉布恩是船长。他们发现船在离开科德角的灯塔。当时，风刮得非常大，他们想尽可能快地把‘贝蒂’号驶回港口。嗯，艾尔森说在那样的情况下冒险救一艘船太不理智了，船上的人不听他的。他又建议待在‘活跃’号附近等大海平静一些时再行动，可他们还是不听。这样的天气里，不管有没有灯塔，他们绝不能绕海角转悠。就这样，他们竖起支索帆出发了，当然少不了带着艾尔森。马布尔海德的人们对他不敢冒险非常生气，因为第二天大海平静了（他们压根儿没想到这一点），一个特鲁罗[1]人带走了‘活跃’号上的一些人。他们去了马布尔海德，添油加醋地说了这件事情。他们说艾尔森如何给镇上丢了脸，一直说个不停，艾尔森的手下也很害怕，看到民众们都在反对。于是，他们背叛了艾尔森，咒骂他是整个事件的罪魁祸首。女人们没有煽风点火，也没有恶语中伤——马布尔海德的女人们不会那么做——只是一群男人和男孩把他放在一艘旧平底船里，拖着绕整个镇上转，直到船底磨破。艾尔森告诉他们，总有一天他们会为这件事情后悔。哦，后来真相大白了，就像往常一样，但对于一个清白的人来说已经晚了，一点用都没有。惠特尔一路上听了些零零散散的假故事，在艾尔森死后，继续给他造谣抹黑。这是惠特尔一时疏忽，但是很不公平。丹从学校带回来这些零散的故事后，我狠狠地揍了他一顿。当然，你不知道，不怪你，但是我要告诉你真相。以后，永远记住。本·艾尔森不是惠特尔编造的那类人。我爸非常了解他，知道事情的前因后果。小鬼，小心点，别仓促下结论。下一首！”

哈维从来没有听过迪斯科说这么多话，而且两颊发红，情绪激动。不过，幸亏丹及时地解释说，孩子们只能学到学校里教的东西，生命短暂，没时间在海边验证每一个谎言。

接着，曼纽尔的小马谢特琴发出了刺耳的声音，显得很不

[1] 特鲁罗，英国英格兰西南区域康沃尔郡郡治、城市。

和谐，他用葡萄牙语唱起了《天真的妮娜》。最后，他的大手一挥，猛地一拨琴弦，结束了演奏。然后，迪斯科开始他的第二首歌曲，这是一首嘎吱嘎吱的老掉牙的曲子，所有人汇成一首大合唱。其中一节唱道：

“此刻，四月离去，冰雪消融
走出新贝德福德，立刻撒网
不错，走出新贝德福德，立刻打扫
我们是捕鲸人，从没见过麦浪滚滚”

这时，只剩小提琴还在演奏，过了一会儿，歌声又响起来了：

“麦浪滚滚，我的挚爱小花正在绽放
麦浪滚滚，我们要出海
麦浪滚滚，我离开时，你正播种
当我回来时，你会成为一块面包”

歌声差点让哈维哭了出来，尽管他不清楚其中的原因。然而，当厨子放下土豆，伸出手开始演奏小提琴时，情形令人更加难过。厨子仍然斜靠着舱门，曲子好像在讲述很糟糕的事情，却是随时可能发生的。过了一会儿，他开始演唱，用的不知道是一种什么语言。他的下巴紧挨小提琴的上端，在油灯的照射下，他那白色的眼珠闪闪发光。哈维从床上起身，这样可以听得更真切些。在船骨的嘎嘎声和浪花的拍打声中，音乐或温柔或哀吟，好像浓雾里行驶的大船一样迷茫，最后化为一阵哀怨。

“天哪，上帝！勾起不好的回忆了，”丹说，“到底是什么？”

“芬尼安坎霍尔之歌，”厨子说，“讲的是他去挪威的事。”他的英语虽然不流利，但很清楚，好像从留声机里发出来的。

“我敢肯定，我去过挪威，但我没听过这样闹心的噪音。不过，听起来好像是首老歌。”长腿杰克叹着气说。

“咱们别想其他的事了。”丹说，于是，用手风琴演奏了一首悦耳的歌曲，结束了音乐会：

“自从出海，已经26个星期

15万公斤

15万公斤

10万公斤

在班奎罗和大浅滩之间！”

“停下来！”汤姆·普拉特大吼道，“你难道不想走了吗？丹，那肯定是约拿，除非我们把盐都抹完了你再唱。”

“不，不是。对吧，爸爸？除非你唱完最后一节，要不然就没事儿。关于约拿，我可用不着你教我！”

“什么？”哈维问，“约拿是什么？”

“约拿是指任何让我们倒霉的东西。有时候可以是人——有时候是个男孩——或者是一只桶。我知道一把约拿匕首，两次出海都栽在它手里了，”汤姆·普拉特说，“约拿有各种各样的。吉姆·博克尔就是个约拿，直到他在乔治斯淹死为止。我从没和吉姆·博克尔一起出海，我饿死也不会和他一起。‘以斯拉洪水’号有艘绿色的平底船，也是个约拿，最糟糕的约拿。有4个人淹死了，深夜里常常在海湾闪着红光。”

“你相信吗？”哈维问，他想起汤姆·普拉特曾经讲过的蜡烛和模型，“我们不是应该给什么就收下什么吗？”

床铺那边传来了咕哝声，表达了不同的意见。“下了船，是。但在船上，什么事情都可能发生，”迪斯科说，“小鬼，难不成你也想做约拿吗？”

“哦，哈维可不是约拿。从我们捞上他那天开始，”丹插嘴道，“我们都是收获满满的。”

厨子抬起头突然笑了——干巴巴地笑了，很奇怪。他真是一个让人非常尴尬的黑人。

“讨厌！”长腿杰克说，“下次别这样，大厨，我们可不习惯你这么笑。”

“怎么了？”丹问，“难道他不是我们的幸运神吗？我们遇到他以后，难道没有捕捞得更多吗？”

“哦，是的，”厨子说，“我知道，不过捕捞还没结束呢。”

“他不会给我们造成任何伤害的，”丹着急地说，“你想暗示什么，想说什么？他没任何问题。”

“不会伤害我们。不会。但是，总有一天，他会成为你的主人，丹尼。”

“完了吗？”丹平静地说，“他不会——绝对不会。”

“主人！”厨子指着哈维说，然后又指着丹，“仆人！”

“真新鲜。什么时候？”丹笑着问。

“过几年，我会见证的。主人和仆人——仆人和主人。”

“你是怎么想出来的？”汤姆·普拉特问。

“在我的脑子里，我能看见。”

“为什么？”其他人也立刻问。

“我不知道为什么，但我知道会是这样。”厨子低下头，继续削土豆。人们从他嘴里再也问不出一句话来。

“好啦，”丹说，“等哈维成为我的主人前，还会发生好多事情呢。不过，我还是挺高兴的，大厨没有把哈维定为约拿。现在，从索尔特叔叔的特殊运气来看，我怀疑他也许是整个船队里最像约拿的人了。真不知道它会不会像天花一样传播。他应该在‘凯莉·匹特曼’号上。那条船自己就是约拿，肯定是——船员和索具都无法阻止它在海上偏航。天哪，上帝！就算是在风平浪静的天气里，它都会散架。”

“不管怎样，我们现在总算摆脱捕鱼船队了，”迪斯科说，“包括‘凯莉·匹特曼’在内的所有船。”这时，甲板上传来一阵敲击声。

“索尔特叔叔的运气又来了。”迪斯科离开时，丹说道。

“风吹散大雾了。”迪斯科大声叫道。整个船头弥散着新鲜空气。大雾散去，但是身后阴沉的大海仍然在翻滚着巨浪。“我们在此”号从浪头上滑下来，冲进悠长的水波大道里，如果它能保持平静，那这里真是个避风港一样温暖的地方。然而，海浪丝毫没有停歇或心生慈悲，反而继续把纵帆船向上猛抛，直达峰顶。纵帆船曲曲折折地沿着波浪滑下来时，海风呼啸着穿过索具。远处的海面溅起一堆泡沫，渐渐地其他海域也如同接到信号一样溅起泡沫来。哈维放眼望去，到处灰蒙蒙的。四五只海燕怯懦地盘旋着，飞过船首时发出尖利的叫声。一阵阵暴风雨漫无目的地四处飘荡，一次次地冲下来，又慢慢散开。

“我好像看见刚刚那边有什么东西一闪而过。”索尔特叔叔指着东北方向说道。

“不会是船队里的任何一条船。”迪斯科抬起眼皮瞧了瞧，一只手搭在舷门上。坚固的船首直直地插入波谷。“海浪就像抹油一样加速了，丹尼，你不想跳到高处，看看我们是怎么放排钩浮标的吗？”

丹穿着大靴子，与其说是爬上索具，不如说是小跑着（这一点让哈维嫉妒不已）攀上桅顶的横杆，四处张望，终于在一英里外的波峰上看到了小小的黑色浮标旗。

“一切正常，”他大喊，“出发喽！一直朝北，像烟雾一样过来了！她也是一艘纵帆船。”

他们又等了半个小时，天空才一片片地开始放晴。苍白的阳光不时地照射在大海上，海面呈现出斑驳的橄榄绿色。接着，前桅升起来，飘荡着，渐渐消失不见了。随着又一个大浪，船尾升起来了，上面有旧式的木质蜗牛角吊柱，帆是红褐色的。

“法国人！”丹大叫，“不，不是。爸，爸！”

“这儿没有法国人，”迪斯科说，“索尔特，你这该死的运气紧紧地缠着我们，就像钉桶上的螺丝钉一样。”

“我看见了。那是亚比叔叔。”

“你别这么肯定。”

“那是所有约拿的头领，”汤姆·普拉特大吼，“哦，索尔特，索尔特，你怎么不去上床睡觉？”

“我怎么知道？”可怜的索尔特说。纵帆船随海浪翻滚。

她就是那艘“荷兰飞行”号，气急败坏，慢吞吞。船上的绳索和棍子杂乱堆放着。老式的后甲板大约有四五英尺高，上面索具乱飞，纠结缠绕在一起，像码头丛生的野草。她比风速还要快——已经严重偏航——支索帆被降为前桅大帆使用——他们说那简直是“乱弹琴”！——她的前桅帆杆固定着拉绳，斜桅竖起来，像一艘古老的护卫舰；起重杆已经加固过，用螺丝钉结合在一起，没法再修补了。船头向前冲，宽大的船尾向后压。这艘船像一个不修边幅、不爱整洁的邪恶老女人鄙视一位衣着得体的女孩一样，到处乱撞。

“是亚比，”索尔特说，“船上全是杜松子酒和朱迪克人，上帝给了他判断力，他却没有好好地利用。他碰上诱饵了，像密克隆人一样。”

“是他自己的问题，”长腿杰克说，“这样的天气却没有船帆。”

“不是的，要不然他早就完蛋了。”迪斯科回答，“看样子他想来撞咱们。让他一头栽下去很简单吧，汤姆·普拉特？”

“如果这是她的装运方式，那她就危险了，”水手慢慢地说，“要是她把船帮上的麻絮都扔出来的话，她就能很快使出力气了。”

这艘船又被大海抛了起来，咔嗒咔嗒地转圈之后，再次迎风而行。

长着花白胡子的家伙在船舷边喋喋不休，用厚重的嗓音在大喊着什么，哈维却听不懂。然而，迪斯科的脸沉了下来。“他竟然冒险来给咱们送消息。说什么我们要遇到大风了，他倒霉了。亚比！亚比！”迪斯科像用水泵抽水一样上下挥动手臂，然后又指向前方。船员们都哈哈大笑起来。

“颤抖啊，砍掉桅杆，起航吧！”亚比叔叔大喊，“狂风来啦——狂风来啦。喂！想想你上次的行程，你那些格洛斯特的黑线鳕。你再也见不着格洛斯特了，再也见不着了！”

“都疯了——和往常一样，”汤姆·普拉特说，“我真希望他没找见我们。”

大船已经走远，只有灰白色头发的那个人还在大喊，内容大致是关于公牛湾的一场舞会，还有前甲板上死了的男人。哈维听得浑身发抖。他看到懒散的船员躺在甲板上，恶狠狠地瞪着眼睛。

“对她来说，正好漂到地狱里去，”长腿杰克说，“我想知道在岸上时他到底做了什么坏事。”

“他是用拖网捕鱼的渔民，”丹向哈维解释，“他总是沿着海岸找诱饵。哦，不，不是，他不回家乡。他在那儿的东边和南边。”说着，丹朝冷酷无情的纽芬兰海岸方向点点头。“爸爸从不让我去那里，他们那群人非常难搞——亚比是最坏的。你看到他的船了吗？嗯，那艘船已经有70年了，他们说的，它是老马布尔海德的最后一条攻丝机船。船上没有后甲板，亚比也不去马布尔海德。他在那儿不受欢迎，所以他到处游荡，躲债，骂骂咧咧，就像你刚才听到那样。好多年前，他说自己成了个约拿。从印第安人的船上拿了酒做咒语，然后再呼风唤雨，做此类的勾当。我觉得太疯狂了。”

“今晚拉网没用了，”汤姆·普拉特陷入深深的绝望中，“他是专门跟着我们的。我宁愿拿出我的工资和股份，把他吊在‘旧俄亥俄’号的舷梯口，我们就不用浪费时间了。抽上六七十下，萨姆玛托就能把他打得皮开肉绽。”

凌乱的“攻丝机”在风中摇摆，所有眼睛都盯着她。突然，厨子用他那留声机一样的声音大叫道：“他要死了，所以才这么说的！他快死了——快死了，我告诉你们！看！”那艘船驶向三四英里外的远处一片阳光照射的海面。渐渐，阳光消退了，光线从船身上消失了。帆船掉进深渊——不见了。

“它被撞沉了！”迪斯科一边大喊，一边在后面跳起来。“不管他是喝醉了，还是清醒的，我们都要去救他们。用力推，把船凿开！麻利点！”

三角帆和前桅大帆被挂了起来，他们迅速拉起缆绳，把哈维推到了甲板上。为了节省时间，他们一边将锚整体从船底拉起，一边前进。除非是在生死攸关的时刻，通常他们很少这样蛮干。小小的“我们在此”号像人一样发出抱怨。他们冲向亚比沉船的位置；发现两三个拖网桶，一个杜松子酒瓶，一个船用壁炉，此外别无所获。“别管它们。”迪斯科说。尽管并没有谁暗示要打捞这些东西。“我不应该在船上和亚比较量。我想她早就撞了，那些填船帮的麻絮肯定掉了一个星期了，他们也没想过要把水抽干。在离港时，船员们又都喝多了。”

“挺好！”长腿杰克说，“要是他们浮出水面的话，我们还得救他们呢。”

“我自己也是这么想的。”汤姆·普拉特说。

“死了！死了！”厨子翻着白眼说，“他被自己的运气带走了。”

“我觉得挺好。等我们见到船队时就告诉他们。额，什么？”曼纽尔说，“不管是谁在大风里那样航行，都会把接口撑破——”说着，他用手比画了个无法用语言描述的手势，宾坐在舱顶，出于惊恐和惋惜而啜泣着。哈维虽然没有意识到自己在无边无际的大海上见证了死亡，但他还是感到非常难受。

接着，丹爬上了桅顶的横杆。在大雾再次笼罩大海以前，迪斯科驾船返回排钩所在的海域。

“在这附近航行的时候，我们一定要快，”他对哈维说，“你以为那是诅咒，小鬼，那只是酒精在作怪。”

晚饭后，风平浪静，适合在甲板上钓鱼,这个时候，宾和索尔特叔叔非常活跃，钓到的也都是非常非常大的鱼。

“亚比肯定把自己的运气带走了，”索尔特叔叔说，“大风没加剧，也没平静。排钩怎么样了？不管怎么说，我都瞧不起讲迷信的。”

汤姆·普拉特坚持要捞起那些东西，找一个新的泊位。然而厨子却说：“运气一分为二。你去瞧瞧就会明白。我很清楚这一点。”这句话让长腿杰克很高兴，他说服了汤姆·普拉特，两人一起走了出去。

检查排钩意味着要从平底船的一侧摘下鱼，再次挂上诱饵，然后把它们重新放进大海——就像把晾衣绳上的衣服挂上去，取下来。这真是一件耗时而又非常危险的事，因为松弛的长绳也许会在一瞬间把渔船扯翻。不过，当从大雾里轰隆隆地传出一声“现在，该你了，船长”时，“我们在此”号上所有船员都松了一口气。满载而归的平底船在旁边打转，汤姆·普拉特呼喊曼纽尔去救援。

“运气果然分两半。”长腿杰克叉着鱼说。哈维望着本已卷入水里的平底船被救了上来，惊得目瞪口呆。“一半是‘南瓜’。汤姆·普拉特想拉起来不干了。可我告诉他：‘我要回去找厨子，他能预知一切。’另一半上来的是沉甸甸的大家伙。快点，曼纽尔，拿一桶鱼饵。今晚会漂过好运气。”

鱼钩上刚刚挂好诱饵，鱼就上钩了，它们的同类刚刚在这个鱼钩上丧命。汤姆·普拉特和长腿杰克有条不紊地把排钩拉起又放下。渔船的船头在湿漉漉的鱼钩绳子间起伏。他们把海参（他们称为“南瓜”）从钩子上扯下来，把刚刚捞上来的鳕鱼摔在船舷上，再次挂好诱饵，装满曼纽尔的平底船，这样一直忙到黄昏。

“我可不想冒险，”迪斯科说道，“不想在他的周围到处漂。一个星期后亚比会漂起来的。升起平底船，晚饭后洗刷。”

晚上的工作量非常大，有三四条呼呼喘气的逆戟鲸在他们附近。大家一直干到九点。迪斯科暗自窃笑了三次，每次都是在哈维把分解了的鱼扔进鱼舱的时候。

“我说，你转变的速度太快了，”当他们在磨同伴替换下来的刀具时，丹说，“今晚海上发生的事不少，我还没听到你说话呢。”

“忙得顾不上，”哈维一边回答，一边试了试刀刃，“想想，那艘船真是太令人意外了。”

银光闪闪的波浪里，小纵帆船在停泊处非常活跃。令人惊奇的是，一看到绷紧的缆绳，小船就像一只小猫一样猛扑过去，溅起了优雅的水花，穿过锚链孔，接着又传来了枪声般的爆裂声。她好像摇了摇头，似乎在说：“哦，对不起，我不能再陪你待更久了。我要去北方。”然后，她便想溜走，但是又突然停了下来，索具发出剧烈的哗啦哗啦声。“因为我要去监测，”她又开口了，就像一个醉汉在对着灯柱说话。剩下的话（当然，她是在用动作表现语言）她没有说，因为她陷入了心神不宁的烦躁中。正当大海向她奔涌而来时，她像一只撕咬线绳的小狗，像一位笨拙的妇女侧身坐在马鞍上，像一只没头的母鸡乱撞，又或是一头被大黄蜂蜇了的母牛。

“看她的样子，她现在就是个帕特里克·亨利[1]。”丹说。

她侧身荡在水里，起重杆从左舷跑到了右舷。

“可是——对于——我而言——不自由——毋宁死！”

唦！她一屁股坐在了月光照映下的水面上，要是没有齿轮的

[1] 帕特里克·亨利，美国独立战争时期的著名政治家和演说家，他于 1775 年 3 月 23 日，在弗吉尼亚州议会上发表著名演说，喊出了“不自由，毋宁死”的口号。

嘲笑的话，她也还是满心自豪的。

哈维哈哈大笑起来，说道："怎么回事？你说得就好像她是个大活人一样。"

"她像房子一样稳当，像鲱鱼一样干瘪。"丹热情地说。他跳过甲板时溅起一阵水花，说，"'躲开，躲开，别靠近我，'她说。你看她——你看她！天哪！你应该看看，一艘牙签船能把锚拉起15英寻高。"

"什么牙签船，丹？"

"那是新式船。专门捕捞黑线鳕和鲱鱼的。前面就像游艇一样好看，还有尖尖的船首斜桅，还有能装下鱼舱的房子。我听说伯吉斯自己做过三四个模型。爸爸根据它们起伏颠簸的情况，再三考虑。靠这种船能赚好多钱。爸爸能找到鱼，不过方法却不先进——他跟不上时代的脚步。船上装满了省时省力的钓具设备。你见过格洛斯特的'选举'号吗？她是艘新船，还是牙签船里的新成员。"

"那得多少钱，丹？"

"好多好多。大概一万五，也许更多。你可以想象那是一座金山银山。"然后，他又压低声音，自言自语道，"我想，要是我有这样的一艘船，我会把她叫作'海蒂'号。"

第五章

Chapter Five

丹和哈维经常在一起聊天，但那是第一次，他告诉哈维为什么会把平底船的名字改成和想象中的伯吉斯黑线鳕渔船一样的名字。哈维听过很多关于格洛斯特的海蒂的真实故事，见过她的头发——丹觉得任何词语都不足以形容那些头发的美。那年冬天在学校时，丹坐在海蒂的后面，于是他“钓”了几根头发得到了一张照片。海蒂大约 14 岁，对男孩子们不屑一顾。丹的心灵在那个冬天痛苦万分。哈维郑重地发誓，他会严守秘密，所以丹才会向他说出这一切。月光下的甲板上，海雾令人窒息。在他们的身后是旋转的轮机，甲板迎着前方行驶，大海失去了日间的喧嚣。当然，孩子们在彼此熟识后，准会发生争斗。曾经有一次，哈维和丹从船头打到船尾，直到宾上前将他们分开才停歇。宾答应不会把他们打架的事告诉迪斯科，因为迪斯科觉得在值班时间打架比睡觉还要恶劣。哈维在体格上无法与丹相抗衡，最近的海上训练起了很大作用，虽然失败了，但他并不打算用什么狡黠的手段和他的征服者打个平手。

事情发生在哈维的疖子治愈以后。他的胳膊肘和手腕的地方由于被毛线衫和油布雨衣磨破而生出了疖子，海水的侵蚀更是雪上加霜。不过，疖子熟了后，丹用迪斯科的刀片把它们割了下来，告诉哈维他现在已经是“纽芬兰大浅滩渔民”了，疖子的痛苦折磨是最好的证明。

因为他还是个孩子，而且很忙，所以他不会费心去思考。不过，对于他的妈妈，他还是深感愧疚的。哈维常常盼望着能够见到妈妈，将他全新的生活讲给妈妈听，让她知道自己现在对这一行是多么熟悉。然而，妈妈以为他死了，她如何能承受得了这种痛苦，这是哈维想都不愿意想的事。但是，有一天，他站在扶梯上嘲笑厨师，因为厨师指责他和丹用吊钩偷走了煎饼。这时，他突然发现自己有了很大的进步。现在的他已经能在租赁的轮船上，在吸烟室里，接受陌生人的训斥了。

哈维已经成为了“我们在此”号上公认的一员，不管是在餐桌上还是睡觉时，他都有了自己的位置。而且，在暴风雨的天气里，人们都愿意听他讲那些岸上的“天方夜谭”。不到两天半工夫，只要一说他自己的故事——似乎太遥不可及——除了丹以外（就连丹也是将信将疑），没人相信他。于是，他编了一个朋友，是一个他听说过的男孩。这个男孩在俄亥俄州托莱多有一辆四匹小马驹拉的车，每次买衣服都是五套。他举办了一场华尔兹舞会，参加舞会的人里最年长的女孩也不到 15 岁，不过，舞会上送来的礼物都是纯银的。索尔特驳斥道，这种故事即便不算亵渎神灵，也都是极其邪恶的，但他还是像其他人一样听得津津有味。最后，众人的评论让哈维对华尔兹舞、服饰、带黄金滤嘴的香烟、名表、香水、小型派对、香槟、桥牌以及酒店住宿等有了全新的认识。渐渐地，谈及这位伙伴时，哈维改变了语调。因为长腿杰克给这个男孩取了很多外号，比如“疯狂小子”“金边娃娃”和“没断奶的傻子”等等。哈维把灌满海水的双脚放在桌子上，给他的“伙伴”编出丝绸睡衣和进口领结之类的事情，让这个“伙伴”更加令人讨厌。哈维是一个适应力很强的孩子，懂得察言观色，分辨得出人们的话音。

不久，他发现迪斯科把一个绿色的破旧的四分仪（人们把它叫作六分仪）藏在床铺下的睡袋里。每次，哈维测量太阳的高度时，都会靠着老农民的历书，确定自己的位置。他跳进船舱，用一颗钉子在锈迹斑斑的火炉烟囱管上刻下这个值得纪念的日期。现在，船上的首席轮机手也不用再忙活了。哈维像一名资深海员一样，小心翼翼地朝船舷边吐了一口痰，然后就说出了当天纵帆船所在的位置。在船上干了30年的轮机手也没有他一半的气势。从此以后，迪斯科的四分仪再无用武之地。这一行也有自己的行规。

所谓的“六分仪”，埃尔德里奇航海图，老农民的历书，布伦特的“海岸航行手册”，以及鲍迪奇“航海指南”都是迪斯科用来教他的法宝，至于使用深海铅锤就要靠他自己的裸眼了。汤姆·普拉特在第一次教哈维如何扔“蓝鸽子”时，哈维差点要了宾的命。哈维的力气还不够在海上长时间地持续探测水深。但是风平浪静的时候，迪斯科可以安排哈维在浅水区轻松地扔出七磅重的铅锤来探测水深。正如丹说的："探测水深不是爸爸想要的结果，他只是想取样本而已。哈维，给铅锤涂上油脂。"于是，哈维给底部涂上油脂，小心翼翼地把沙子、贝壳、泥浆，或者什么东西递过去，迪斯科用手指摸，用鼻子闻，然后就能下结论。就像前面提到的，只要迪斯科想到鳕鱼时，就会从鳕鱼的角度去考虑。凭借长时间的本能和经验的摸索，迪斯科带领"我们在此"号从一个泊位到另一个泊位，走到哪里都能捕到鱼，就像蒙着眼睛的棋手在下棋一样。

然而，迪斯科的棋盘是在大浅滩——这是个三角区，每条边的跨度都有 250 英里长——茫茫无际的大海，弥漫着潮湿的雾气，可恶的狂风，折磨人的浮冰，鲁莽的大客轮，还有捕鱼船队的点点风帆。

船队接连几天都在大雾里作业——哈维负责不断地摇铃——直到对这样的浓雾天气熟悉以后，他才跟着汤姆出海，他的心都要从嗓子眼儿里跳出来了。但是，大雾没有散去，鱼儿在咬饵，六个小时里，没有人能够在海上无助地待着。哈维全身心地握着绳索和鱼叉，汤姆·普拉特要的时候就赶紧递过去。循着铃声，凭着汤姆的本能，两人划回纵帆船旁。曼纽尔的海螺声在他们旁边听起来单薄而微弱。不过，对于哈维而言，这是一次恍如隔世的经历。一个月内，哈维第一次觉得像做梦一样：小渔船周围波涛汹涌，雾气蒸腾，绳索慢慢摇晃着，最后消失不见了，海天融为一体，他瞪大眼睛也只能看到不足十英尺的范围。过了几天，他和曼纽尔一起出海，到 40 英寻深的水域，但整个锚缆都放完了，也还是够不到海底。哈维感到了死亡的恐惧，对他来说，与陆地唯一的联系没有了。“鲸鱼洞，”曼纽尔一边拉一边说，“这可是跟迪斯科开了个大玩笑。快！”曼纽尔划向纵帆船，找到汤姆·普拉特和其他人，众人正在嘲弄船长。因为这是他第一次把船员们带到了这片贫瘠的区域，鲸鱼洞的边缘，大浅滩的空洞。他们在大雾中再次寻找了停泊的地方。这次，哈维乘着曼纽尔的平底船时，吓得毛骨悚然。一个白色的影子出现在浓雾里，散发着死亡的气息，咆哮着猛冲过来，水花四处飞溅。这是他第一次在大浅滩见到可怕的夏季冰山。哈维蜷缩在船底瑟瑟发抖，曼纽尔忍不住哈哈大笑。不过，海上有时候也会晴空万里，温暖宜人，似乎这样的天气只适合拉着钓鱼竿，划着桨追逐海面上的太阳光斑，除此之外做所有的事都是一种罪过。遇上云淡风轻的时候，哈维就会学习如何操控纵帆船，从一个泊位行驶到另一个泊位。

前桅的帆在蓝天下飘摇，纵帆船在长长的浪涌里冲刺，当他手握轮舵，第一次感受到纵帆船任由他指挥时，他兴奋不已。他觉得自己很伟大，虽然迪斯科说要是跟在他的船后面，蛇的脖子都会被扭断。不过，俗话说得好，骄兵必败。支索帆扬起后，他们在大风中前行，哈维站在船的右侧，想给丹展示自己已经完全掌握了这项技术。前桅帆“啷”的一声断了，好在这是一面旧帆。斜桁撕裂前索帆，当然，这样是哪里都去不了的。他们默默地放下破损的前索帆。接下来的几天里，哈维只好利用闲暇时间，躲在汤姆·普拉特的船上，学习如何使用针线去补帆。丹兴奋地取笑着哈维，并且说自己在刚开始时也犯过同样的错误。

像其他男孩子一样，哈维调皮地模仿船上所有人的特征，直到他掌握了每个人的特长：迪斯科手握轮舵时独特的站姿；绳索拉起时，长腿杰克挥舞手臂的动作；曼纽尔滚圆的臂膀在平底船上用力地挥动；还有汤姆·普拉特迈着“旧俄亥俄”号的大步，在甲板上昂首阔步的姿态。

中午时分，头顶烈日，哈维站在起锚机旁。“看这孩子模仿我们，真有意思，”长腿杰克说道，“我用所有的工资和份额打赌，他不是学着玩儿的。他觉得自己就是个勇敢的水手。看他现在的样子。”

“我们每个人都是这么过来的，”汤姆·普拉特说，“孩子们自以为长大成人了，一直在自欺欺人，直到死的那一天。我在‘旧俄亥俄’号时就是那样。记得第一次站岗时——港口站岗——觉得自己就是法拉格特将军[1]。丹就是这神气。看看他们现在，想让自己变得更自然——每根头发都是缆绳，血液里流淌着松焦油。”说着，他走下楼梯。“我想你这次判断失误了。迪斯科，你怎么就觉得那孩子不正常？”

“他以前就是不正常，”迪斯科回答，“刚来船上时就像个疯子，但是他现在变得理智了，是我治好的。”

“他编故事挺有一套。有一天，他跟我们讲了一个跟他个头差不多的孩子的故事。那个孩子驾着四匹小马拉的车，邀请了几

[1] 法拉格特将军，戴维·格拉斯哥·法拉格特（1801 年 7 月 5 日 — 1870 年 8 月 14 日），是美国南北战争时期的一位海军将军。他是美国海军第一位少将、中将和上将。

个同龄的孩子在俄亥俄州的托莱多开派对，我估计就是这么说的。听起来有点离奇，不过挺有趣。他知道好多这样的故事。”

“我看那都是他自己脑子里想出来的。”迪斯科忙着写航海日志，坐在船舱里回答道，“百分之百是编造的，除了丹没人听。我知道，丹在背后也笑他呢。”

“你听过西蒙·彼得·卡豪恩吗？有人撮合了他姐姐海蒂和洛林·杰拉德的婚事，男孩们把这当笑话来取笑他和乔治一家。”索尔特叔叔慢吞吞地说。他在船上的背风处一声不吭地淋着雨。

汤姆·普拉特静静地抽着烟，有些不屑一顾。他是科德角人，20多年前就听过这个故事。索尔特叔叔粗声粗气地笑着，继续往下讲：

“西蒙说洛林一方面寻欢作乐，一方面又蠢得要命，人们却说她嫁了个有钱人。西蒙说话不靠谱，他是那么说的。”

“他说起话来可不像宾夕法尼亚的荷兰人，”汤姆·普拉特回答道，“你最好让科德角人去讲这个故事。追根到底，卡豪恩家自己也曾到处流浪呢。”

“哦，我可不想表现得像个演说家，”索尔特叔叔说，“我是来讲道理的。我要说的是关于咱们哈维的。一方面寻欢作乐，一方面又蠢得可怜。有人还相信他是个有钱人。哈！”

“你有没有想过，要是船上所有的人都和索尔特一样，那该有多好玩。”长腿杰克说，“一半在犁沟里，一半在烂泥堆里。不用卡豪恩开口，就能看出是个渔夫！”

大家都开始笑索尔特的装备了。

迪斯科一言不发，专心地写着他的航海日志。他的字迹方方正正的，略显瘦削，污渍斑斑的纸上一页一页地记录着：

7 月 17 号，今日大雾，无鱼。向北停泊。一天结束。

7 月 18 号，早晨起雾，少鱼。

7 月 19 号，微风，东北风，天气晴朗。向东停泊。收获颇丰。

7 月 20 号，大雾，微风。一天结束。本周捕鱼 3478 条。

星期天，他们从来不干活。如果天气好的话，他们会刮胡子，洗漱，宾夕法尼亚还会哼哼小曲。有一两次，他曾提议，要是大家愿意的话，他可以宣讲一些教义。索尔特叔叔听到这个想法后，大惊失色，并且提醒他要记住自己不再是牧师，也别再想这件事情。“我们不能让他记起约翰斯敦，”索尔特解释说，“那样说不定会出什么乱子！”于是，他们达成妥协，宾可以读一些《约瑟夫》上的内容。这是一本真皮面的旧书，散发出浓浓的海风的味道，非常详实，就像《圣经》一样厚重，里面记录了许多攻城略地的故事，所以显得鲜活而生动。他们几乎从头读到尾。其他时候，小个子宾总是安安静静的。尽管他会打扑克，听音乐，被故事逗笑，但他会一连三天，一言不发。众人想逗他开心时，他说：“虽然我并不想显得自己不合群，可我真的没什么可说。我的脑袋一片空白，我连自己的名字都不记得。”说着，他会微笑着转向索尔特叔叔，期待能得到答案。

“为什么，宾夕法尼亚 · 普拉特，”索尔特大声说，“下次你会把我的名字也给忘了！”

“不——永远不会，”宾咬紧嘴唇，说，“宾夕法尼亚 · 普拉特，当然。”有时候，索尔特叔叔忘记他的名字时，会说他叫哈金斯，里奇或者麦克什么的，但宾还是一如既往地满意，直到下一次再问。

宾对哈维总是非常温和。他觉得哈维是个找不到家的可怜孩子，又是一个脑子不聪明的傻子。索尔特看到宾喜欢这个孩子，他也释然了。索尔特不是一个亲切的人（他把管教孩子们守规矩当成自己的事业）。有一天，风平浪静，哈维瑟瑟发抖地爬上主桅（丹站在他身后，随时准备救援）。这是哈维第一次上主桅，他想把索尔特的大靴子挂在上面，这是他的任务，也是对附近船只的羞辱和嘲笑。在迪斯科面前，即便老头对他直接发号施令，哈维也不敢造次，或者和其他船员一样对他说“你不想做这些?”或者“我想，你最好是”诸如此类的。迪斯科脸上的胡子刮得非常干净，对于年轻人来说，迪斯科眼角的皱纹透着冷峻的威严。

迪斯科给他看了那张磨损的海图，说这个比任何政府公布的地图都要全面。迪斯科手握铅笔，顺着大浅滩沿线一个泊位一个泊位地指给他看——勒阿弗尔，西部湾，班奎，圣皮埃尔，格林滩和大浅滩——同时，迪斯科还给他讲了各地鳕鱼的情况和六分仪的使用原理。

哈维在这方面的能力超过了丹。因为他对数字天生敏感，瞥一眼大浅滩阴沉的太阳，他便能获取信息，来施展他的聪明才智。对于海上的其他事情，年龄会成为限制。正如迪斯科所说，哈维在十岁时就应该出海。丹可以在黑暗中放下排钩，或者抓住绳索。紧急关头，索尔特叔叔的手掌被鳕鱼划破时，丹可以摸索着继续加工鱼。大风刮在脸上，丹可以判断出风力，驾驶纵帆船驶向任何适合的水域。他做这些事情时就像放下索具一样简单自然。平底小船好像成了他的一部分，完全听命于他一样。不过，这些知识他却没法教给哈维。

狂风暴雨的天气里，大家会讲起纵帆船的一些故事。聊天时，他们要么坐在前甲板上，要么坐在船舱里的储物柜上。备用的螺丝圈、铅锤、绳圈丁零当啷地摇晃着。迪斯科讲述了 50 年代的捕鲸之行。巨大的母鲸在幼崽身边被捕杀，愤怒的大海波涛汹涌，鲜血喷薄而出，足足有 40 英尺高。渔船被撞成碎片，捕鲸的专用火箭弹发生了故障，在吓得魂飞魄散的船员们中间突然爆炸。1871 年，波涛汹涌的的大海迎来了寒潮，使得 1200 名船员无家可归，在冰上冻了三天——这些都是令人称奇的故事，但全都是真实的。不过，最刺激的还要数鳕鱼的故事，以及它们在船底的龙骨下讨论各自处境的内容。

长腿杰克的品味更倾向于超自然。他讲的莫诺莫伊沙滩上的鬼故事，吓得没人敢出声，说那些孤独的捞蛤人遭到了戏弄，吓个半死。在死后没有得到很好的安葬的鬼魂在沙滩和沙丘上四处游荡，藏匿在火岛的宝藏由基德船长[1]的船员守护。大雾天气里，船只却能一直向前驶向特鲁罗小镇，缅因州的港口空无一人，只有陌生人才会在同一海域抛锚两次。原来，那是一群死去的水手

[1] 威廉·基德（William Kidd，1645 年 1 月 22 日—1701 年 5 月 23 日），出生于苏格兰敦提，苏格兰航海家、海盗、私掠者，被人们称为“基德船长”（Captain Kidd）。

在作怪，他们在深夜里划着一艘破船，呼啸前行——不是叫喊，而是呼啸——因为抛锚人的灵魂搅扰了他们的安宁。

哈维说他的家乡在东海岸。从荒凉山往南，到处都是骑着马来避暑的人，村舍里铺着硬木地板，挂着门帘，在那里消遣。他嘲笑杰克那些离奇鬼故事——不再像一个月以前那样胆小——不过，听到最后，他还是不由自主地浑身打颤，吓得僵坐在那里一动也不敢动。

汤姆讲起鞭刑时期，自己在“旧俄亥俄”号上，没完没了地绕着合恩角航行的艰难经历。当时的海军如今已经像渡渡鸟灭绝一样，在南北战争中灭亡了。他告诉人们火红的炮弹如何击中加农炮，离炮筒只有一小块湿黏土的距离。炮火打在木头上嗞嗞地冒着烟，“吉姆·巴克”号船上，没有经验的小水手一边泼水，一边朝炮塔再次呐喊。他还讲了封锁时期的故事——接连几周在海上漂荡，只有蒸汽船燃料用光时（帆船绝没这样的可能）才会返航，大风和寒流迫使200名船员不分昼夜地敲打着缆绳、船板、索具上的冰块，当厨房像发射出去的炮弹一样炙热时，船员们抱起桶把热可可灌进肚子里。汤姆·普拉特没接触过蒸汽船，他退役时，这种船相对比较新鲜。他承认蒸汽船出现在和平年代，貌似不错，但他还是期待帆船有重新回到大海的那天，会有万吨的纵帆船，配备有190英尺高的吊杆。

曼纽尔的发言缓慢而轻柔，故事都是关于马德拉群岛上女孩子的。月光下，摇曳的香蕉树下，干涸的河床边，一群女孩子在洗衣服。他还会讲一些圣人的故事，纽芬兰的港口有人在跳奇怪的舞蹈或者在打架。索尔特的话题侧重农业，尽管他也阅读《约瑟夫》，并且还会做解释，但他毕生的任务就是要证明绿色肥料的价值，尤其是三叶草优于任何形式的磷酸盐。提到磷酸盐，他的话里尽是厌恶。他从床铺上拿出一本油乎乎的《奥兰治·贾德》开始吟诵，拖长声调，对着哈维喋喋不休，而哈维却一句都听不懂。每当哈维嘲笑索尔特的演说时，小个子宾就会觉得非常难过，所以哈维只好作罢，出于礼貌而继续忍受。哈维能这样做还是不错的。

厨师自然不会参与这样的谈话。通常，他只会在非常必要时才会发言。然而，奇怪的灵感有时会突然降临，他会把握时机，一半用盖尔语，一半用零散的英语，滔滔不绝地说上一个小时。他尤其擅长和孩子们交流，他从不避讳预言哈维将会成为丹的主人，而且他会看到这一天的到来。他讲起冬天在布列塔尼角运送邮件的故事，乘坐狗拉的雪橇到库德雷，北极破冰船从大陆出发，冲破坚冰，抵达爱德华王子岛。然后，他还会讲从他妈妈那里听到的故事，说的都是关于南方的生活，那里永远不会结冰。他还说，在他死后，他的灵魂会躺在温暖的白沙滩上，棕榈树在头顶摇曳。对于孩子们来说，这个人太奇怪了，因为他这辈子从来没有见过棕榈树。而且，通常在每顿饭的时候，他都会问哈维，而且只问哈维一个人，饭菜是否合他的口味。这样总会立刻引起其他人的嘲笑。不过，人们还是很尊重厨师的判断，他们在心中，都把哈维当成了幸运星。

哈维每一次深呼吸新鲜空气时，身体都会变得强壮起来，每个毛孔都储存着新鲜的知识。与此同时，“我们在此”号继续前行，在大浅滩捕鱼，银灰色的咸鱼压得整整齐齐，越堆越高。每天的工作平淡无奇，但是所有的日子都是如此繁忙而紧密。

迪斯科的名声不断攀升，自然会被其他渔船跟着——丹说他被“盯上了”。不过，迪斯科有个非常棒的小窍门，能帮他们穿越浓浓大雾笼罩的大浅滩。迪斯科之所以不和他们结伴有两个原因。首先，他想自己单独实践。其次，他反对不同地区的捕鱼船混在一起作业。船队里大部分是格洛斯特船，零星分布着普罗温斯敦、哈里奇、查塔姆的船，还有一些来自缅因州。不过，船员们都知道鲁莽衍生风险，贪婪膨胀，必会在拥挤的船队中造成各类事故。如同羊群围在一些不熟悉的头羊周围。“让那哲罗德兄弟领着他们吧。”迪斯科说，“到了东海岸，恐怕我们得在他们中间逗留一段时间。如果够幸运的话，不会待太久。哈维，你不考虑换个地方吗？”

“是吗？”哈维回答。花了好长时间才加工完鱼，他又开始汲水（他已经学会了如何放桶）。“我倒是不介意到鱼不多的地方试试。”

“我想去的地方——哪怕不站上去也行——就是东部海角。”丹说，“爸爸，好像我们在大浅滩最多只须再待两个星期。哈维，到时候你就能见到你想见的人了。然后我们就要忙起来了，没人能按时吃饭。饿了就随便垫点，实在支撑不住的时候就眯一会儿。幸亏一个月前就把你捞上来了，否则我们哪有功夫让你一根头发不少地到达处女滩呢？”

哈维曾经在埃尔德里奇图上看到过处女滩和其他一些名字奇奇怪怪的海滩，它们是航行路线的中转点，运气好的话，他们能在那里把盐抹完。不过，看处女滩的面积，那只是一个小点。哈维不明白迪斯科是如何借助六分仪和铅锤找到那个地方的。后来，他才知道迪斯科有足够能力应付这点小事，处理其他事也游刃有余，并且他还能帮助其他船只。船舱里挂着一块 4 × 5 英尺大小的黑板，哈维一直不懂它有什么用，直到浓雾密布的几天过后，哈维才明白。当时，他们听到一阵嘈杂的声音，那是脚踏式雾笛警报器在嘟嘟作响——这架机器发出的声音就像得了肺痨的大象发出的声音。

于是，他们采取了紧急停泊的措施，把锚链拉到船底下，以免惹麻烦。“横帆船正在大声喊叫他们的位置。”长腿杰克说道。三桅帆船挂起湿漉漉的红色前帆，在大雾中非常显眼，“我们在此”号用简易信号向对方船只摇了三次铃。

这艘船比纵帆船要大，中桅帆被收了起来，从船上传来了一阵尖叫和呐喊声。

“是法国人，”索尔特叔叔嘲讽道，“圣·马洛的密克隆船。”这个农民在海风里也能看得一清二楚。“迪斯科，我的烟快抽完了。”

“这儿也一样，”汤姆·普拉特说，“往后退，往后退。你们打哪儿来？——圣·马洛吗？”

“啊哈！对！对！克洛斯·布莱特——圣·马洛！圣·皮埃尔！密克隆！”这伙人挥舞着羊毛帽，聚在一起，嘻嘻哈哈道，

“黑板！黑板！”

“拿过板子来，丹，记下，我也算是服了，美国这么大，到处都能碰得到法国船。46 度 49 分，我估计他们就在这么个位置。”

丹用粉笔把数字记在黑板上，挂上主桅支索，对面传来一阵嘹亮的“谢谢”声。

“他们就这么离开，有点不礼貌吧！”索尔特的手在口袋里摸索着说道。

“上次出海，法国人还没给够你教训吗？”迪斯科问，“我可不想因为你骂他们是‘密克隆’船上没用的鸡崽，被他们拿压船石头砸。就跟你离开勒阿弗尔那会儿一样。”

“哈蒙·拉什说那样才能让他们兴奋起来。对我来说，广阔平坦的美国就不错。我们船上的烟草严重短缺。小鬼，你会说法语吗？”

“哦，会。”哈维勇敢地回答道。然后，他大喊：“嗨，我说！各位！停下！我们想要点烟草！”

“啊，烟草！”对方大叫道，然后又笑了。

“他们听懂啦，不管怎样，我们要放一艘船过去吧。”汤姆·普拉特说，“我没拿过法语的什么证书，但我知道还有一句行话。快，哈维，给我翻译。”

汤姆和哈维爬上那艘黑色的渔船时，船上乱糟糟地堆着索具，场面混乱得简直无法描述，船舱里贴满了闪闪发光的圣母像——他们说那是纽芬兰的圣母。哈维发现自己的法语在大浅滩根本施展不了，对话也仅限于点头和微笑。不过，汤姆·普拉特却在旁边挥舞着胳膊，如鱼得水地和他们交流着。船长递给他一杯说不出味道的杜松子酒。船员们扯着嗓子，头戴红帽子，手持长刀，像一群滑稽的小丑，把他当哥们儿一样迎接过来。接下来，交易开始进行。他们有烟草，而且很多——都是美国烟草，从不在法国交税。他们想换些巧克力和饼干。哈维划着船回到纵帆船上，厨子和迪斯科安排好，因为他俩负责仓库的囤货。哈维返回去的时候，刚一上法国船，他们就迫不及待地清点罐装可可粉和袋装饼干，好像海盗分赃一样。不过，汤姆·普拉特下船时，身上绑着细条的黑色烟草，袋子里塞满了可以咀嚼的或者直接吸的烟丝。那些快乐的法国水手驾船消失在大雾中，最后，哈维听到一阵欢快的合唱声：

在我姨妈骄傲的后面，
有一片美丽的树林
夜莺在这里歌唱，
昼夜不停地歌唱
你要把这美丽的歌声带给谁？
谁又把它带到这里？
我把它送给美丽的魁北克
索雷尔和圣丹尼[1]

“为什么我的法语不管用，你的比画却派上用场了？”“商人”汤姆·普拉特在给“我们在此”号上的船员分发东西时，哈维

[1] 索雷尔和圣丹尼，都是加拿大的城市。

问道。

“比画！”汤姆大笑起来，“哦，是，是比画。不过，却要比你的法语古老。那艘法国船上坐着的是共济会[1]会员，这就是原因。”

“那你也是共济会的吗？”

“看起来像，是吧？”这个从战争中出来的男人一边说着，一边把烟丝装满烟斗。此时，对哈维而言，深邃的大海又留给他一个不解之谜。

[1] 共济会，出现在18世纪的英国，是一种带宗教色彩的兄弟会组织，也是目前世界上最庞大的秘密组织，他们自称宣扬博爱和慈善思想，以及美德精神，追求人类生存的意义。

第六章

Chapter Six

在哈维的记忆中，印象最深刻的莫过于船只自由自在地行驶在无边无际的大西洋上。正如丹所说，渔船之所以可以如此自在，当然离不开同行的热情，以及周围船只的智慧。不过，蒸汽船所承受的期望更多。后来，他们在海上经历了一次有趣的邂逅。一艘破旧的大运牛船，慢慢悠悠地跟了“我们在此”号 3 英里。船上所有的牲畜都在上层甲板，臭气熏天，就像上千个牛棚散发出来的味道一样。其中有个船员极度兴奋，用一只扩音喇叭朝迪斯科的船大喊。这艘船无助地在海面上漂荡，迪斯科的“我们在此”号行驶在它的下风处，以此表示抗议。“喂，你们想去哪？哪儿都去不了。你拖着牲口圈，歪歪扭扭地在海上乱窜，根本不管旁边的渔船，你的眼睛是掉在咖啡杯里了，还是你那颗愚蠢的脑袋上根本没长眼睛？”

听到这些话，那位船长在驾驶台上暴跳如雷，指责迪斯科自己的眼睛有问题。他大声嚷嚷道：“我们已经 3 天没有接收到观测数据了。你以为我们能蒙着眼睛驾船吗？”

“喔，我就可以，”迪斯科反驳道，“你的铅锤咋了？被你吃了？你难道感觉不到船底深度？还是那些牲口太臭影响了你？”

“你拿什么喂它们呢？”索尔特一脸认真，牛圈的味道唤醒了他身上的每个农民细胞。“他们说船上的牛很容易死掉，虽然这跟我没关系。不过，我觉得可以把油饼捣碎，然后撒到——”

“天哪！”穿红毛衫的牧牛人看了一眼外边，说道，“是哪个疯人院把这个老头给放出来的？”

“年轻人，”索尔特从前桅支索前站起来，继续说，“让我告诉你，趁我们还没走远——”

站在驾驶台上的人摘下帽子，故作礼貌地说：“打扰了。不过，我做事自有分寸。如果这位大胡子老农民能行行好，闭上嘴，那些海蓝色的藤壶即便斜着眼睛，说不定也会屈尊给我们指点。”

“索尔特，这次你可让我开眼了。”迪斯科愤怒地说。他无法忍受这种别扭的谈话，直接抛出经纬度的位置，再也没多说一句话。

“哦，那条船上都是疯子，肯定是。”船长说。他通知了驾驶室，朝纵帆船扔了一捆报纸。

“那群该死的傻子，和你差不多，索尔特，我见过他们那类人。”“我们在此”号离开时，迪斯科说，“他们就跟迷路的孩子一样漂荡，我正要跟他说说我的判断。你就不能跟你那该死的种地活儿断绝关系吗？你难道就分不清场合吗？”

哈维、丹和其他人一起站在后面，互相挤眉弄眼，暗自窃笑。然而，迪斯科和索尔特还在认真地吵架，一直吵到傍晚。索尔特争辩说，一艘运牛船就是蓝色大海上的牛圈。而迪斯科坚持说即便如此，你的尊严和渔民的骄傲都要求你必须认清形势。长腿杰克默默地站了一会儿——有愤怒的船长就有愤怒的船员——晚饭后，隔着桌子，他开口了。

“为什么要费心管别人说什么呢？”

“他们会在几年里一直说这个事儿——这就是原因，”迪斯科说，“捣碎油饼。”

“当然，还得加盐。”索尔特仍然执迷不悟，一边阅读一份旧纽约报纸上的农业信息，一边说。

“你的话让我很不舒服。”迪斯科船长也没有退让。

“别那么想，”和事佬长腿杰克说，“看这儿，迪斯科！今天这样的天气，还有其他船在海上漂荡吗？再说了，还有谁会提醒它？要我说，在这海上，还有谁能跟它讨论管理和航行的学问？别想了。当然没有。在海上见了面顶多三言两语。双方都没当真，互相取乐。我们都明白。”丹在桌子底下踢了哈维一脚，害得刚好喝水的哈维差点呛了。

“哦，”索尔特觉得脸上有些挂不住了，就说，“我早说过跟我没关系，我说了啊。”

“对，”在礼节和规矩方面富有经验的汤姆·普拉特说，“好啦。我明白，迪斯科，凭你的判断，不管怎么样，听到类似谈话你就应该制止——不能让它发生。”

“我也不知道怎么就成这样了。”迪斯科出于颜面考虑，赶紧找了个台阶下。

“为什么，当然会这样啦，”索尔特说，“你是这儿的船长，要是你能给我点暗示，我肯定闭嘴。不是因为你是领导，也不是自己有错，起码为了给这俩倒霉的孩子做个榜样。”

“哈维，我没告诉过你吗？最后都会绕到咱俩身上。倒霉的孩子。不过，要是能看到刚才那场面，我倒愿意拿一半的比目鱼来换。”丹悄悄说。

“不过，还是不能混在一起。”迪斯科说。索尔特把烟丝装进烟卷里时，两眼又透出要展开新一轮争吵的光芒。

“分清楚有好处。”长腿杰克还在努力制止这场暴风雨。“斯坦因和哈雷早就发现了这一点。他派康纳罕去马里拉找船长，顶替原来的牛顿船长。因为牛顿船长得了风湿病，不能出海。我们都叫康纳罕是‘大航海家’。”

“尼克·康纳罕每次都要喝一磅朗姆酒才会上船，而且还要记在货单上。”汤姆·普拉特一边摆弄铅锤，一边说，“他常去波士顿那些船运公司转悠，想让老板根据他的能力让他当驳船的船长。大西洋大道[1]的山姆·考伊听了他的故事，让他白吃白住了一年多。航海家康纳罕！啧，啧，死了有15年了，是吧？”

“我看，有17年了，他死在‘卡斯帕·麦克维勒’号建成的那年。但是他做事总是稀里糊涂的。斯坦因带走他，就好像是贼偷走了热风炉，那是没办法的办法，因为没人可用了。当时，人

[1] 大西洋大道，位于波士顿，是一条街道的名称。

们都去了大浅滩，康纳罕组织了一大帮不好对付的人当水手，从来没那么多人。都是朗姆酒惹的祸！谁都能驾驶得了‘玛丽拉’号，船和货物都上了保险。他们离开波士顿港去纽芬兰的大浅滩。身后是呼呼的西北风。所有人都拎着酒瓶，上帝也挺关照他们，见鬼了，他们没有派任何人守夜，连根绳子都没碰，直到把15加仑的劣质酒喝了个精光。据康纳罕回忆，大约持续了一周。（但愿我能把他讲的故事复述清楚！）海风呼啸，正值夏天，‘玛丽拉’号扬起前桅的船帆——康纳罕拿起六分仪，浑身直打哆嗦，脑子里浮现出航海图，头却晕晕乎乎的，最后终于知道他们要往南去塞布尔岛。一路上大家心情大好，没人说话。然后，他们又开了一桶酒，喝了个天昏地暗。‘玛丽拉’号到达波士顿灯塔后，一直偷懒，从没有拉起过下风的横档——只是任由其倾斜着向前行驶。不过，沿途上他们没看到海草、海鸟，也没有纵帆船。那个时候，他们才发现已经出来14天了。他们怀疑大浅滩已经将他们遗忘。于是，他们测了测水深，大约60英寻。康纳罕说：‘是我，康纳罕。每次都是我！我带领你们到大浅滩了，到30英寻的地方就能像小娃娃一样无忧无虑了，我是航海家康纳罕！’”

“接下来探测到90英寻，康纳罕说：‘要么是铅锤线拉长了，要么是大浅滩下沉了。’”

“听起来这样的解释还算合理，他们拉起铅锤，坐在甲板上数着绳结，绳子被搞得一团糟。‘玛丽拉’号继续前进，速度渐渐慢了下来。这时，旁边来了一艘不定航线货船。康纳罕开口了。”

"康纳罕很随意地说:'到目前为止,你们见过渔船吗?'"

"'爱尔兰海岸有好多。'货船上的人回答。"

"'哈,一边儿去,'康纳罕说,'爱尔兰海岸跟我有什么关系?'"

"'那你在这儿干吗呢?'货船上的人又问。"

"'受难的基督!'康纳罕说,(他心情不好,大口喝酒时,就会这么说)'受难的基督!'他说,'我现在在哪儿?'"

"'克里尔角[1]西南35英里,'对方回答说,'但愿这样能让你感到安慰。'"

"一听这句话,康纳罕蹦了起来,船上的厨子一量,足足有4英尺7英寸高。

"'安慰!'康纳罕重复道,他厚着脸皮说,'你把我当乡下人耍吗?离开波士顿灯塔14天,距离克里尔海角35英里。受难的基督啊,真是创纪录了。而且,我老妈还在斯基伯林[2]。想想这个事情!忍无可忍!'但是,他说话从来不知分寸。"

"船员大部分来自科克郡和克里郡,有一个想回家的马里兰州人,他们都叫他叛徒。他们驾驶着'玛丽拉'号去了斯基伯林,在那里和老朋友们玩儿得很高兴,待了一个星期。然后,他们回来了,大约用了32天才到达大浅滩。这个时候快到秋天了,食物也快吃光了,所以康纳罕就驾船回到波士顿,当时船上连根骨头都没得吃了。"

[1] 克里尔角,爱尔兰的最南端。

[2] 斯基伯林,爱尔兰科克郡西南部。

“航运公司是怎么说的?”哈维问。

“他们能说什么?大浅滩里有的是鱼。康纳罕只顾吹嘘自己在东部的行程创下了纪录!他们只能自我安慰。其实，这首先是因为他没有把水手和朗姆酒分开。其次是把斯基伯林当成了班奎罗浅滩。航海家康纳罕，愿他的灵魂得到安息，他真是个撒谎不看稿子的好公民。”

“以前，我在‘露西·福尔摩斯’号上，”曼纽尔轻声说，“格洛斯特人不要我们的鱼。为什么?也不出价。所以，我们漂洋过海，打算去法亚尔岛[1]卖。当时正好起风了，我们躲进船舱，快速行驶——没人知道划向哪里。慢慢地，我们看到了一片陆地，天气暖和了些。接着，又看到砖瓦房里有两三个黑人。额，什么?我们问这是在哪儿，他们说——好了，你们猜，他们说什么了?”

“大加纳利岛[2]。”迪斯科思索了一会儿说。曼纽尔笑着摇了摇头。

“布兰克角[3]。”汤姆说。

“不，比那还要糟。我们到了比热戈斯群岛[4]，那些人是从利比里亚来的!所以，我们就在那儿卖了鱼!还不错，是吧?嗯，怎么样?”

“像我们这样的纵帆船能直驶到非洲吗?”哈维问。

---

[1] 法亚尔岛，大西洋亚速尔群岛之一。

[2] 大加纳利岛，位于非洲西北部，是加纳利群岛最大的岛屿。

[3] 布兰克角，位于非洲西北部。

[4] 比热戈斯群岛，位于非洲几内亚。

“只要值得一去，食物充足的话，可以途经合恩角。”迪斯科说，“我爸曾经有条船，船身略带些红色，大约15吨重，我想——应该叫‘鲁帕特’号——他驾船穿行在格陵兰岛的冰山间。那年，一半的船只都在那儿捕捞鳕鱼。不光这样，他还让我妈跟他一起——我想，我爸是想让她知道钱是怎么挣的。大伙儿都被冻僵了，我出生在迪斯科岛。当然，我什么也不记得。冰雪融化时，我们返回家乡。不过，他们用那里的地名给我取了名字。这样给娃娃取名字，真是耍小聪明，不过，人这一辈子，注定都会犯错误。”

“对！对！”索尔特摇头晃脑地说，“难免犯错。我要告诉你俩小子，如果你们一旦犯了错误，每天至少会犯上百个错——犯错后，要像男子汉一样勇于承担错误，那你们就是最棒的。”

长腿杰克使劲朝所有人眨了眨眼睛，只有迪斯科和索尔特没有注意到。这件事总算画上了句号。

后来，他们一路向北行驶，平底船几乎天天出海。他们沿着大浅滩东岸，在三四十英寻水深的地方撒网捕鱼，收获得满满当当的。

就是在这里，哈维第一次见到了乌贼。乌贼是最好的捕鱼诱饵之一，只是摸不着它的脾气。一天深夜，人们被索尔特的喊叫声吵醒了。“乌贼！”一个半小时里，每个人都趴在船舷上放下钓乌贼的鱼钩——涂成红色的铅片，下端用曲别针弯成的圈做成伞骨的样子。乌贼不知道为什么总喜欢把自己蜷成一团，还没来得及逃脱曲别针钩，就被钓了起来。不过，乌贼在离开水里时，先是喷水，接下来就朝捕捞者的脸上喷墨汁。这群人只好摇头晃脑地躲避四射的墨汁，样子很是滑稽。喷墨结束后，人们的脸像扫过烟囱一样黑，但是甲板上会堆满新鲜的乌贼。大鳕鱼看着闪闪发光的章鱼须挂在蛤饵钩上，哪怕是一点点都会很乐意上钩。第二天，他们果然收获颇丰。同时，他们还遇到了“凯莉·匹特曼”号。他们冲着船大声炫耀自己的战利品，“凯莉·匹特曼”号想和他们做交易——七条鳕鱼换一条大乌贼，可迪斯科不同意这个价格，“凯莉·匹特曼”号闷闷不乐地停在半英里外的下风处，希望自己也能捕到一些。

直到晚饭后，迪斯科一句话都没说。他派丹和曼纽尔出去给“我们在此”号的缆绳上浮标，并且宣布他打算在停泊转向时使用阔板斧，防止别的船靠近。“凯莉·匹特曼”号派了一艘平底船来打听他们为什么要在缆绳上装浮标，而不是在海里直接抛锚。丹自然把迪斯科的话复述了一遍。

“爸爸说，他不相信5英里内的任何一艘渔船。”丹高兴地大声说道。

“那他干吗不离开？谁拦着他了？”对方答道。

“因为你们在他的下风处，他不喜欢任何一条船在他身边晃悠，更别说是你这样一艘到处游荡的小破船了。”

“我的船才不是到处游荡。”船上那个男人生气地驳斥道。丹的话直击要害，因为“凯莉·匹特曼”号名声不好，锚泊装置总是出问题。

“那你们怎么停泊呢？”丹问，“那可是你们最出名的。要是她不游荡，那你们干吗挂起新的三角帆？”这一问可问到了痛处。

“嗨，你这个葡萄牙手风琴艺人，带着你的小把戏滚回格洛斯特，滚回学校去，丹·特鲁普。”对方开始反击。

“工装裤！工装裤！”丹扯着嗓子大喊。丹知道“凯莉·匹特曼”号上有一个船员，去年冬天在一家服装厂工作过。

“小矮子！格洛斯特的小矮子！滚出去，滚出去，你这个新斯科舍家伙！”

被人叫新斯科舍家伙可不舒服，丹决定以牙还牙。

“你才是新斯科舍佬，你这个瞎摸乱闯的城里人！趁火打劫的查塔姆人！光脚开着你的破船赶紧滚回去！”丹的力气都用光了，可查塔姆人更变本加厉了。

“我知道会发生什么事，”迪斯科说，“风已经吹上船了，应该有人立即去制止。要不然她会一直呼呼作响直到午夜，等我们睡着了，她肯定会漂走。幸好，我们没被其他渔船包围。不过，我不会帮查塔姆人起锚的，也许她自己能挺得住。”

太阳落山时，海上果然开始起风了，一直刮个不停，越来越大。虽然海浪不大，不会打翻平底船的索具，但“凯莉·匹特曼”号有自己的规矩。到孩子们值班快结束时，他们听到船上传来一阵噼里啪啦的声音，像一把巨大的前装式手枪发出的枪声。

“光荣啊，光荣啊，哈利路亚！”丹唱了起来，“她过来了，爸爸。先是船底在动，和以前在班奎罗的情形一样，迷迷糊糊地开过来了。”

换作别的船，迪斯科也许会出手相救。但现在，“凯莉·匹特曼”号被整个北大西洋的风推着，径直冲向“我们在此”号。迪斯科不得不砍断缆绳。在三角帆和停泊帆的共同作用下，“我们在此”号尽量和“凯莉·匹特曼”号保持着安全距离——迪斯科可不愿花一个星期时间去找缆绳。“凯莉·匹特曼”号默默地生着闷气，从“我们在此”号旁边擦身而过时，迪斯科迅速躲开了。于是，那艘船船舷侧倾，完全坠入了纽芬兰大浅滩。

“晚上好，”迪斯科举起安全帽问道，“你那花园种得怎么样了？”

“得去俄亥俄租头骡子吧，”索尔特叔叔说，“我们这里不需要农民。”

“要我借给你一只平底船的锚吗？”长腿杰克大声说。

“拆下你的方向舵，插进泥里去。”汤姆·普拉特说。

“嗨！”丹站在齿轮箱上，声音高亢而尖利，“说——话！工装裤大罢工了吗？还是他们雇了女工呀，你们这群流浪狗！”

“放松转舵索，”哈维叫喊道，“把他们钉在海里吧。”这是跟汤姆·普拉特学到的带有海水味道的笑话。曼纽尔斜倚在船尾，大喊：“约翰·摩根在拉风琴！哈哈哈！”他摇晃着粗壮的大拇指，做出嘲讽的动作，小个子宾骄傲地喊着：“驾！吁——到这来，嗬！”

接下来的整个夜晚，哈维发现，“我们在此”号拖着短短的锚链，发出噼里啪啦的声响，艰难而缓慢地移动着，而且又用了半上午的时间修复缆绳。不过，孩子们觉得，相比胜利和荣耀，这点代价不算什么。他们想起对那艘狼狈的“凯莉·匹特曼”号说的那些话，心里又有些过意不去。

第七章

Chapter Seven

第二天，他们周围聚集了更多的帆船，盘旋着从东北方向西缓慢行驶。正当他们打算在处女滩捕鱼时，大雾袭来，他们只好抛锚停了下来，四周模糊，只传来叮叮当当的铃声。没有鱼可捕，只是偶尔有平底船相遇，互相交换信息。

丹和哈维差不多一白天都在睡觉，那天夜里黎明即将来临时，他们醒了，正想蹑手蹑脚地去厨房“钓”些煎饼。虽然没人禁止他们正大光明地吃煎饼，可他们就是喜欢这样的恶作剧，而且，这还会使厨子怒不可遏。下面的热浪和臭味使得他们只能爬上甲板去享受战利品。他们发现迪斯科正站在钟的旁边，他把敲钟的活儿交给了哈维。

“接着敲，”迪斯科说，“我怀疑我听到了些什么声音，如果真有什么，我最好留在这里。”

这是一只废弃的钟，浓雾似乎都能把它捏碎。钟声停下来的间隙里，哈维听到周围传来大客轮尖利的汽笛声。他对大浅滩非常了解，所以很清楚汽笛声意味着什么，内心的恐惧清晰地向他袭来。一个身穿鲜红色套头毛衫的男孩——作为渔夫，现在的他讨厌任何可以想象出来的鲜艳的衣服——多么鲁莽无知，曾经认为让大蒸汽客轮撞上一艘渔船是多么酷的一件事。这个男孩住在提供冷热水洗漱的头等舱里，每天早晨会用10分钟时间在镶金边的菜单上点菜。还是这个男孩——不，应该说是比他成熟很多的兄长——天刚蒙蒙亮，四点就起床了，穿着滴水的油布雨衣，为拯救宝贵的生命卖力地敲钟。这口钟比服务生的早餐铃还要小。因为在他附近的什么地方，可能会出现30英尺高的钢甲船头，以每小时20英里的速度在海上呼啸而来。最令人心痛的是，那些在铺着柔软床垫的干燥的船舱里熟睡的乘客永远不会知道，他们也许在早饭前已经撞上了一艘小船，夺去了他人的生命。于是，哈维一刻不停地敲着钟。

“瞧，他们转动该死的螺旋桨，放慢速度了。”丹说。他正在吹曼纽尔的海螺，“保持在法定速度内，就算我们都沉在海底，到时候也还可以自我安慰。听，拉响警报了！”

汽笛“嗡——嗡——嗡”响个不停，哈维还在“叮——叮——当——当”地敲钟，“呜——呜——呜”的海螺声也响了起来。白色的浓雾中，海天融合在一起。这时，哈维觉得有什么东西从自己身旁经过。他抬头仰望，看到了悬崖般的船头，湿漉漉的船身，似乎正跳跃着直接奔向纵帆船，卷起调皮的水花。大船升起时，露出刻着一串罗马数字的悬梯——XV，XVI，XVII，XVIII等等——在闪着橙红色光芒的船舷一侧。然后，它突然向前倾了一下，发出令人心跳骤停的“嗖嗖”声。悬梯消失了。一排铜框舷窗迅速闪过，大船喷出蒸汽，哈维举起双手无助地做了抵挡。滚滚的热水柱在“我们在此”号的身边咆哮而过。大客轮的汽笛声消失在浓雾里，小个子纵帆船踉踉跄跄地在汹涌的波涛里摇晃。哈维正要晕倒时，耳边传来噼噼啪啪的声音，仿佛树干在人行道上轰然倒下，一个低低的声音从远处传来，像电话声一样慢慢靠近：“顶风停船！你把我们撞沉了。”

“是我们的吗？”哈维上气不接下气地问道。

“不是！那边的船。敲钟！我们过去看看。”说着，丹跑着去放平底船。

除了哈维、宾和厨子以外，所有人都在半分钟内跳上了平底船。顷刻间，一艘纵帆船的前桅啪的一声折断了，从船舷滑落。又一艘空荡荡的绿色小船经过，撞上了“我们在此”号，仿佛想让大船带自己走。接着，别的东西漂了过来，脸朝下，身穿一件蓝色毛衫——一具残缺的尸体。宾脸色大变，倒吸一口冷气。哈维拼命敲钟，担心自己的纵帆船也随时会被吞没，船员们回来时，听到丹的声音，立刻跑了过去。

“‘詹妮·库什曼’号，”丹歇斯底里地叫着，“被拦腰截成两段——翻了个底朝天，碎得稀巴烂！就在离这儿不到25英里的地方。爸爸救了个老头，其他人都没了——还有，他儿子也死了。哦，哈维，哈维。我真受不了！我亲眼看见——”说着，丹抱头痛哭。这时，其他人把一个老头拖上船来。

“你们为什么要救我？”陌生老头号啕大哭，“迪斯科，你为什么要救我？”

迪斯科把一只有力的大手放在老头肩上，老头的嘴唇在不停颤抖，眼神狂乱盯着沉默不语的船员。宾夕法尼亚·普拉特站起来有话要说。索尔特叔叔想不起他的名字时，会叫他哈金斯，里奇，或者麦克。此刻，他的脸上不再是愚蠢无知的表情，他像聪明睿智的老人一样，语气坚定地说：“上帝赐予你的，上帝会把他带走，上帝保佑你！我是——我是传播福音的牧师。把他交给我吧。”

“噢，你是？可以吗？”老头说，“那请你祈祷把儿子还给我！祈祷还我 9000 美元的船，还有 1000 公担的鱼啊。你们要是不救我，我就去见上帝了。我老伴儿做了寡妇，她会节俭过日子，不会知道，永远都不会知道。现在，我却不得不亲口告诉她。”

“没什么可说的，”迪斯科说，“稍微躺下会好点，詹森·奥利。”

三十秒钟的时间里，一个男人失去了他唯一的儿子、整个夏天的劳动成果、他赖以生存的一切，任何安慰都是徒劳的。

“ 他们都是格洛斯特人，是吧？”汤姆·普拉特无奈地摆弄着平底船的把手环。

“嗯，那没什么区别，”詹森拧干胡子上的水，说，“今年秋天，我要一直在东格洛斯特，划船接送夏天的游客。”他跌跌撞撞地跑到船沿边，哀唱起来：

“快乐的鸟儿在歌唱

绕着神坛在飞翔

哦，高高在上的上帝啊！”

“跟我来，下来！”宾在说话，好像他有权力发号施令一样。他俩的眼睛正好相遇，对视了片刻。

“我不知道你是谁，但我会去的，”詹森顺从地答道，“也许我会挽回一些——一些——9000美元。”宾领着他走进船舱，随后把门关上。

“那不是宾，”索尔特叔叔大叫，“那是雅各布·鲍勒，而且——他想起了约翰斯敦！我从没在活人脸上见过这样的眼睛。现在该干吗？现在我该怎么办？”

外面的人也能听到宾和詹森的谈话声。后来只剩宾一个人在说话，索尔特摘下帽子，因为宾正在祷告。很快那个小个子男人走上楼梯，豆大的汗珠滑落脸颊，看着眼前的船员。这时的丹还在轮舵那里啜泣。

“他不记得我们了，”索尔特低声抱怨道，“又得重新开始，总是捉摸不定——他会对我说什么？”

宾说话了，他们能听出这番话是对陌生老头说的。“我已经祷告了，”他说，“我们的人都相信祷告。我为这个男人的孩子祷告。我眼睁睁地看着我儿子死在我眼前——我俩最大的儿子——还有其他人。难道还有谁比上帝更明智吗？我从没为其他人做过祷告，唯独给他的儿子做祷告，祈祷他的儿子回来。”

索尔特用乞求的眼神看着他，想知道宾是不是记起了什么。

“我发疯多久了？”宾突然问道，嘴角在颤抖。

“扯，宾！你从没疯过，”索尔特开始说话了，“稍微有点儿注意力不集中。”

“我看见房子砸在桥上，然后就起火了。别的没印象。那是什么时候的事？”

“我受不了啦！受不了啦！”丹大叫起来，哈维在一旁深感同情，低声呜咽起来。

“大概 5 年前。”迪斯科的声音有些颤抖。

“那这几年我每天都是别人的负担吧。那个人是谁？”

迪斯科指了指索尔特。

“没有——没有！”这个海上农民不停地搓手，哭着说道，“你赚的钱是你开销的两倍，宾，我在船上那四分之一的股份还要分你一半，那是你该得的。”

“你们都是好人，从你们的脸上就能看出来。可——”

“仁慈的圣母啊，”长腿杰克低声说，“他一路跟着我们，现在终于解除魔咒了。”

旁边传来一艘纵帆船的铃声，浓雾中有人高声喊：“嗨，迪斯科！听说‘詹妮·库什曼’号的消息了吗？”

“他们找到他儿子了，”宾大叫，“站好，亲眼看一看上帝的救赎！”

“詹森在船上，”迪斯科用颤抖的声音回答，“没有——其他人吗？”

“可我们只找到一个。他蜷缩在一堆木头上，那可能是原来的船舷。他的头破了。”

“那是谁？”“我们在此”号的人激动万分，急切地问。

“我猜是小奥利。”那个人拉长声音说。

宾举起双手，讲了几句德语。哈维敢发誓说，耀眼的光照在他扬起的脸上，但那个声音又说："喂！你们这些家伙昨晚还狠狠地嘲笑我们。"

"现在我们可没嘲笑。"迪斯科说。

"我知道，但说实话，碰到小奥利时，我们的船有点儿——有点儿漂得找不着方向。"

这是口无遮拦的克里·匹特曼说的。"我们在此"号的甲板上传来一阵阵笑声。

"你们能把老头送上船吗？我们在这儿放鱼饵和索具呢。我想，不管怎么样，你们留着他没用。这个可恶的起锚机弄得我们人手不够了。我们会照顾好他的，他是我老婆的姑父。"

"我愿意给你船上的任何东西。"特鲁普说。

"什么也不要，或许，可能锚有用。嗨！小奥利受了点刺激，把老头也一起送过来吧。"

宾把昏厥过去的老头叫醒，汤姆·普拉特划着船把他送了过去。他连一句谢谢都没说就走了，不知道接下来会发生什么事情。大雾笼罩了一切。

"现在，"宾深深吸了一口气，似乎要祷告。"现在，"——笔直的身子像一把剑回到剑鞘一样；闪闪发光的眼睛也褪去了光芒；声音也回到了往常一样窃窃低语的状态——"现在，"宾·普拉特说，"索尔特先生，现在下棋会不会有点早？"

"有件事情——有件事情，我正要说，"索尔特立刻大声说，"我服了，宾，你怎么能知道别人心里想什么？"

小个子满脸通红，温顺地跟着索尔特往前走。

“起锚！快点！让我们离开这片疯狂的大海吧！”迪斯科大喊。船员们从来没这么迅速地服从过命令。

“你觉得这是什么意思？”长腿杰克问。他们再次穿梭在潮湿的海雾中，茫然不知所措。

“我认为它，”迪斯科在轮舵前说道，“是这样的：‘詹妮·库什曼’号这件事堵着我们空荡荡的心——”

“他——我们看见他从旁边漂过去了。”哈维呜咽着说道。

“当然，把他从水里捞出来，把小船推上岸；正好把他推上来，我带着他，是为了让他记得约翰斯敦，雅各布·鲍勒这类的。我们会安慰詹森，鼓励他振作起来，就像是让船靠岸。由于不够强大，慢慢就又滑下去了，现在他就又掉到水里了。我认为是这样的。”

众人认为迪斯科说得非常正确。

“要是宾一直把自己当雅各布·鲍勒，”长腿杰克说，“那可够索尔特受了，宾问这几年谁一直照顾他时，你们没看到他的脸色吗？怎么样，索尔特？”

“睡了——死一样地沉，像孩子一样翻身上床睡觉了，”索尔特轻手轻脚地跟在后面，回答道，“当然，他醒来后不能没有吃的。你以前见过祈祷能有这样的效果吗？他的祷告把小奥利从大海里救了上来。这是我的想法。詹森为他的儿子感到非常自豪。我一直都不相信崇拜空虚的偶像是一种明智的表现。”

迪斯科说：“可是，到底还是有这类人的。”

“那肯定是，”索尔特迅速反驳道，“宾脑子没糊涂，我只是在他身边做好我该做的。”

这群饥饿的人一直等了三个小时，宾才再次出现。他脸色沉静，思绪一片空白。他以为自己一直在做梦。接着，他想不明白人们为什么沉默，可大家又没法跟他说。

接下来的三四天里，迪斯科冷漠地让所有人忙起来。不能出海时，他们就会到鱼舱把船上的库存堆叠起来，以便腾出更多的地方放鱼。从船舱到壁炉后边的风门，到处都是鱼。迪斯科向众人展示了如何堆放货物才能让纵帆船处于最佳吃水状态，这是一门诀窍。于是，船员们在恢复精神后再次活跃了起来。长腿杰克拿绳子的一端挠哈维痒痒，就像戈尔韦人说的那样，“像一只病猫为自己的无能为力而伤心”。在这些疲惫的日子里，哈维思考了很多，向丹吐露了自己的心事，丹也表示赞同——包括以后想吃煎饼时就去要，不再用鱼钩偷钓了。

然而，一周后，他俩又想出了疯狂的点子，把旧刺刀绑在一根棍子上，竟然想去刺鲨鱼，差点让“海蒂”号翻了船。这个残忍野蛮的家伙在平底船旁边游来游去，其实只是想吃些小鱼而已，好在鲨鱼和他俩最后都安然无恙。

终于，纵帆船结束了在大雾中捉迷藏的日子。一个早晨，迪斯科在甲板上大喊：“快！孩子们！我们到‘城里’了！”

第八章

Chapter Eight

哈维终生都不会忘记那样的景色。太阳刚刚跳出地平线，他们已经将近一周没有见到太阳了。太阳的红色光芒低低地照在纵帆船的三角帆上，抛锚的纵帆船一共有三支船队——一队向北，一队向西，另一队向南。所有的纵帆船大概有一百多艘，材质不一，大小各异。远处，还有一艘横帆式法国船，这些船互相致意打招呼。它们都把平底船放了下来，像从拥挤的蜂巢里放出了蜜蜂一样。起伏的波涛里充满了喧闹嘈杂的声音，绳索和木板的丁零当啷声，船桨溅起的水花声。太阳渐渐升起，船帆呈现出各种颜色，起初是黑色，然后是珍珠灰，后来变成了白色；越来越多的船只冲破迷雾向南驶去。

这些平底渔船慢慢聚拢，分开，重新聚集又再次四散，但是都涌向一个方向。人们的欢呼声、口哨声、嘲笑声、哼小曲声，混在一起，水面上零星散落着从船上扔下的垃圾。

“到城里了，”哈维说，“迪斯科说得对。那是城里。”

“我见过更小的城市，”迪斯科说，“这儿有一千来号人。那边就是处女滩。”说着，他指向一片绿色的大海，空旷的海面上没有一艘平底船。

“我们在此”号绕过北边的船队，迪斯科挨个向朋友们挥手，然后抛锚，像一艘赛艇结束赛季一样干净利落地停了下来。大浅滩的船队总是对航海技艺精湛的船表示默许，但是，对那些技术差劲的水手会一直嘲笑。

“正好赶上捕毛鳞鱼。”“玛丽·奇尔顿”号叫喊起来。

“大部分盐都用完了？”“菲利普国王”号问。

“嘿，汤姆·普拉特！今儿晚上吃饭吗？”亨利·克雷问。大家一问一答，来来回回。这些人以前都见过彼此，平时在雾里捕鱼，而且也不像大浅滩的船队一样爱闲聊。他们好像都听说过救哈维的事，问他是不是已经成为了一名合格的水手了。年轻人取笑丹，丹伶牙俐齿，用家乡的外号向他们问好，这些外号可是他们最不喜欢的。曼纽尔和同乡用他们的语言叽里咕噜地交流着，就连不爱说话的厨子也坐在第二斜桅，大声和与他一样黑肤色的朋友聊着盖尔语。他们给缆绳装上浮标——大浅滩海底都是岩石，一不小心就会磨损到锚，会有到处漂荡的危险——之后，平底船向前行进，一直驶入一英里外的船群中，才抛锚停下来。纵帆船停靠在安全的距离内，像鸭妈妈盯着自己的孩子一样，而那些平底船却像没礼貌的小鸭子。

渔船驶入喧闹的大海，船与船互相碰撞。哈维的耳朵嗡嗡作响，人们都在评论他的划船技术。他们操着各地方言，有拉布拉多语、长岛语、葡萄牙语、那不勒斯语、意大利混杂语、法语、盖尔语，有人在唱歌，有人在叫喊，还有人骂骂咧咧，这些交织在一起，包围了哈维。他似乎成了众人的笑柄。平生第一次，他感觉到了羞愧——也许，这是因为这么久只和“我们在此”号打交道——在这群随着小船起伏摇晃的野蛮人中间。一个温柔的大浪从波峰到波谷大约三弗隆[1]长，悄悄地扛起一排不同颜色的平底船。船只挂在天际，立刻呈现出壮观的带状，船上的人们都被抛了起来。接着，那些嘴巴大张、挥舞着手臂、胸膛裸露的水手都消失不见了，而在另一个大浪涌起时，又一排人出现了，像木偶剧场的纸片人一样。哈维惊呆了。“小心！”丹一边撒网一边说，“我让你放，你就放。从现在起，毛鳞鱼会成群结队地游过来。汤姆·普拉特，咱在哪儿撒网？”

汤姆·普拉特队长推推搡搡，费力地向前挪动，在这儿和老朋友打打招呼，到那儿又警告老对手几句，终于带着他的小舰队到了大部队的下风处。这时，立马有三四个人升起锚，打算尾随“我们在此”号。不过，正当一艘平底船超速驶离原地时，掌舵人发了疯似的拉紧锚缆，引起一阵哄堂大笑。

“放松绳子！”20 多个声音大喊，“让他把锚索抖开。”

小船迅速向南冲去，哈维问：“怎么回事？船抛锚了，是吧？”

“抛锚了，肯定的。可锚具飞得太快了，”丹笑着说，“鲸鱼把它缠住了……放低，哈维！它们来了！”

---

[1] 弗隆，英美的长度单位。

周围的海上阴云密布，黑压压的一片。接着，一群银白色的小鱼蜂拥而至，大概有五六英亩大的区域里，鳕鱼像五月的鲑鱼一样开始跳跃；鳕鱼后面，三四条魁梧的黑背鲸在海面上欢腾跳跃。

接着，每个人都开始大喊，用力拉起锚冲进鱼群，却不小心和旁边渔船的鱼线纠缠在了一起，都着急地嚷嚷着，拼命将长柄渔网插入水里，尖叫着让同伴谨慎些，而心底的喜悦像新鲜的苏打水一样滋滋冒泡。鳕鱼、渔民、鲸鱼，一起扑向倒霉的小鱼。哈维差点被丹打翻到船下。不过，尽管场面非常混乱，但哈维还是注意到一双邪恶的小眼睛，他永远都不会忘记——像马戏团里大象的眼睛一样——那条鲸鱼几乎是贴着海面游过来的，朝哈维眨着眼睛。这些鲁莽的海上猎人缠住了三艘船的锚缆，拖拽了半英里远，才像野马一样脱缰而去。

不一会儿，小海鱼游走了。5分钟后，大海变得平静下来，只剩铅锤在船边溅起水花时发出的声音，鳕鱼击水时的扑棱扑棱声，还有渔民用棍棒敲打鳕鱼的声音。这次捕鱼经历非常棒。哈维看到了水下银光闪闪的鳕鱼，成群结队地慢慢游走，一边游一边不慌不忙地咬钩。平底船抵达处女滩或东岸时，大浅滩的规定是一线一钩；不过，船只挨得非常近，单个的鱼钩也会互相打结。哈维还因此和两拨人吵了起来，一边是留着长发的温和的纽芬兰人，一边是咆哮乱吼的葡萄牙人。

比鱼线缠绕在一起还要糟糕的是，平底船的锚缆在水下缠在一起。所有人都选择自认为适合自己的位置抛锚，只在固定点周围漂浮或游荡。每当鱼儿上钩速度不快时，他们都想立刻起锚，占据更好的位置。然而，每个人最后都会发现自己还是紧紧挨着四五条渔船。在大浅滩，割断其他人的锚缆是坏透了的罪行，但还是会发生，而且神不知鬼不觉，一天会发生三四起。汤姆·普拉特当场抓住了一个正在干这种勾当的缅因州人，用船桨将其打翻在船舷。曼纽尔也遇到了这样的情况，教训了他的老乡一番。不过，哈维的缆绳被割断了，和宾同病相怜，平底船装满后，他们只好求助救援船来帮忙把鱼运到“我们在此”号上。黄昏来临时，小海鱼再次席卷而来，疯狂的喧嚣又一次拉开帷幕。夜色朦胧，平底船回到纵帆船上，他们借着鱼舱边上的煤油灯光开始加工。

这次又是满载而归，加工鱼的时候哈维就睡着了。第二天，一些船正好停泊在处女滩的入口处。哈维和众人的视线落在一块长满杂草的岩石上，它孤零零地立在那里，高出海平面 20 英尺左右。鳕鱼成群结队，安安静静地穿过茂密的巨型海藻，咬钩的时候一起咬，停的时候又一起停。中午时分，船上有一段闲散的时光，人们开始找乐子。丹看到“布拉格希望”号出现了，她刚刚加入捕鱼团队，人们就开始跟她打招呼：“船队中最小气的人是谁？”

三百个声音兴高采烈地回答道：“尼克·布雷迪。”这声音听起来仿佛是一曲管弦乐。

“谁偷了灯芯？”丹也来凑了个热闹。

“尼克·布雷迪。”船上的人们齐声高唱。

“谁把咸鱼饵炖了汤?”远处传来了陌生的声音。

人群中再次响起愉快的合唱。其实，布雷迪并没有多么吝啬，只是担了这个名声，而且大部分原因是船队中人赋予的。然后，他们又发现了一艘特鲁罗船。6年前，船上这个人被指控在一根鱼线上挂了五六个钩子——是“小偷”，他们这样叫他。这是发生在大浅滩上的事情。当然，后来他也被人们称为“小偷吉姆”；尽管他曾经在乔治斯躲藏，但他发现自己的外号已经家喻户晓了。人们像放鞭炮一样，噼里啪啦地大声叫嚷着：“吉姆!哦，吉姆!吉姆!小偷吉姆!”众人哄堂大笑。这时，一位具有诗人气质的贝弗利人——他成天都在忙，一连好几个星期都在谈论——唱道：“‘凯莉·匹特曼’号的锚百无一用。”平底船上的人们像得了宝贝一样更加起劲。于是，他们就问贝弗利人，诗人怎么也出来捞钱了，因为即便是诗人也不能任由自己的性子做事。每艘纵帆船上的人几乎都来起哄了。一旦谁的船上出现了粗心大意的脏厨子，众人就会戏弄他和他的食物。要是哪艘纵帆船遇到了什么麻烦，就会有人把故事一五一十地讲给整个船队。有人吃饭时从同伴那里“钓”了香烟，开会时他必定会被点名，他的名字会一传十十传百。迪斯科准确无误的判断，长腿杰克几年前卖掉的运鱼小船，丹的心上人(哦，丹一听就暴跳如雷!)，宾的倒霉的锚，索尔特对粪肥的看法，曼纽尔在岸上时犯下的小错误，以及哈维握桨时的娘娘腔——这些掌故都成了公开的笑料；阳光下，海雾像一层银色的薄幕盖在大海上，那些声音听起来像一排看不见的法官坐在席上宣判一样。

平底船在海上漂荡，人们一边捕鱼，一边斗嘴，直到海浪从海底涌起。这时，他们不得不分开，保持距离。有人说海浪如果继续翻滚，处女滩就会崩塌。鲁莽的戈尔韦人和他的侄子却不这么认为。他们撑起锚，专门向波峰驶去，有人喊着让他们离开，另一些人却鼓动他们继续划行。平滑的大浪像柱子一样向南移动，将平底船高高抬起，推进薄雾，又将其重重摔向狂暴深邃的海里。这时，平底船抛了锚，在周围旋转着，距离水下看不见的暗礁不到一两英尺。他们真是在逞能，竟然和死神玩游戏；船上的人手足无措，忐忑不安地看着，直到长腿杰克划到它后面，静静地割断锚缆。

“你们没听见撞上石头了吗？”他叫嚷着，“为了你们这两条贱命，划！划！”

小船漂了过来，船上的人们还在赌咒发誓，争吵不停。随之而来的海浪才制止了他们，像一个人在地毯上绊倒一样，海上传来低低的呜咽和咆哮声，处女滩翻滚的浪花绵延了好几英亩，白色的海浪，怒吼着向岸边奔腾过来，令人心惊胆战。接下来，所有的船热情地为长腿杰克鼓掌，戈尔韦人也闭上了嘴。

“厉害吧？”丹像只小海豹在水里一样，蹦蹦跳跳地说，“每隔半个小时船就会爆发一次，除非海浪越翻越高。通常多久会出现，汤姆·普拉特？”

“每隔 15 分钟，一分不差的，哈维，你已经见识了大浅滩最伟大的事件。不过，要不是长腿杰克，你会看到更多的死人。”

大雾渐浓，纵帆船开始摇铃，一阵快乐的声音传来。一艘大船谨慎地从薄雾中探出头来，迎接它的是呼喊和叫嚷声，“来吧，亲爱的。”爱尔兰人说。

“又是法国船吗？”哈维问。

“没长眼睛吗？她是巴尔的摩船，吓得发抖的胆小鬼，”丹说，“我们得好好教训她。我猜，这是她的船长第一次碰到捕鱼船队。”

这是一艘体格硕大，重达800吨的黑色船。她的主桅盘旋而上，主桅帆随着风向摇摆不定。现在，她比海上的其他船只更富女性气息。这个犹豫不决的大家伙，船头带着白色的镶金边的雕饰，看上去像个迷茫的女孩子，在一群坏小子的嘲笑中，半撩起裙子穿过泥泞的街道，现在的她完完全全处在这样的局面中。她明白自己就在处女滩的附近海域，听到了海浪的咆哮，于是她问人们这是哪里，平底船上的人们告诉她：

“处女滩？你在说什么？这里是星期天早上的勒阿弗尔。赶快回家清醒一下。”

“回去，你这个缩头乌龟！回去告诉他们，我们来了。”

船尾向下栽进海里，浪花翻滚着进入排水管，六七个声音一起发出了和谐的曲调：“啊——呀——嗨——她撞了！”

“用力拉！用这辈子最大的劲儿，拉起来！现在，你已经控制住她了。”

“往下！使劲往下！啥也别管！”

“大家都来压水泵！”

“放下三角帆，用力撑！”

此时，船长勃然大怒，絮叨着什么。人们回应着他，只好暂时搁置了手里的活儿。他听到了各种关于他的船的故事，以及下一个停泊地。人们问他有没有买保险，什么时候偷了锚，因为他们说那是“凯莉·匹特曼”号的锚。他们嘲笑他的船是“泥地里的耙斗”，指责他倒垃圾时吓跑了鱼。他们还说会把船拖走，还要向他老婆收取拖船费；一个大胆的年轻人竟然溜到船尾下方，拍着船身，说“滚！黑家伙！”

厨子把一盘灰倒在他头上，他拿了鳕鱼头去回击。大船上的船员们从厨房取了小煤块点燃后往下丢，平底船扬言要“灭了”她。要是她真的在冒险，他们也会警告她。不过，她平安无事地离开处女滩，他们还是制造了很多机会拿她寻开心。大船在上风处半英里的地方再次撞上岩石，历经磨难的大船终于脱离一切阻挠，找到了出路；平底船上的人们却觉得这艘船勇气可嘉。

那一夜，处女滩的风一直在嘶鸣咆哮。第二天早晨，越过怒吼的苍茫大海，哈维看到船队的主桅在风中摇曳，等候领航的小船下海。直到10点，才有一艘平底船起锚。“天眼”号的两个哲罗德人以为海上风平浪静，率先出海，实际上却打错了算盘。一分钟内，一半的船都出海了，在波浪里起伏。不过，特鲁普却一直在让船员们加工鱼。他认为这样的冒险没有任何意义。到了晚上，狂风骤雨加剧，他们高兴地迎接着那些湿透了的不速之客。这群人在风暴里能有个容身之处简直高兴得不得了。男孩们举着灯站在钓具旁，大人们早已做好起锚的准备，瞪大眼睛盯着翻滚的巨浪，波涛汹涌的大海会让他们放下一切去挽救宝贵的生命。夜色里传来了“平底船，平底船!”的喊声。他们放下钩子，拉起一个湿透了的男人和一艘差点沉没的船。最后，他们的甲板上到处堆放着平底船，床铺也都被占满。哈维值班时，大浪五次向甲板袭来，他和丹只好跳上前桅斜桁，斜桁突然砸向纵帆的下桁，他们只好用胳膊和腿抱住桅杆，用牙齿咬紧绳索和湿透的帆布。一艘平底船被大浪拍成了碎片，海水打在一个男人的头上，将他击倒在甲板上，他的前额磕破了一个口子；黎明时分，狂暴的大海泛起冰冷的白光。一个面色惨白的男人爬上甲板，他的一只胳膊受了伤。他向众人打听他兄弟的消息。早饭时，船上多了7个人：一位瑞典人，一位查塔姆船长，一位缅因州的汉考克男孩，一个达克斯伯雷人，还有三个普罗温斯敦人。

第二天，船队进行了一次人员大清点。尽管没人说什么，但当每艘船的船员都确定在场后，众人的胃口还是不错的。只有两个葡萄牙人和一个格洛斯特老头溺水了，不过许多人被割伤或划伤了。两艘纵帆船的索具都坏了，被吹向南方，漂流了三天。法国船上死了一个人——这艘巨型船和“我们在此”号做过烟草生意。在一个潮湿朦胧的早晨，这艘船安静地滑向远处，掉进深水里，船帆依旧悬挂着，哈维从迪斯科的望远镜里见证了这场葬礼，他们只是把一个长方形的包裹推下了船舷。他们似乎什么都没做，没有举行任何悼念仪式。当晚抛锚后，哈维听见他们在唱歌。星光点缀的黑色大海上，他们唱着听起来好像是赞美诗一样的曲调，节奏平和而缓慢：

海上的纵帆船

徘徊着不肯离去

我将远行

哦，圣母玛利亚

哦，上帝

为我祈祷

永别了，故乡

永别了，魁北克

汤姆·普拉特登上了那艘船，因为他说死者是他共济会的兄弟。原来，那个可怜人被海浪拍打了两次，碰到船首斜桅的后端，伤了后背。消息闪电般传播开来。不合常理的是，法国人对这个人留下的工具进行了拍卖，他在圣·马洛或密克隆没有朋友，房间里铺满了他的东西，从红色的针织帽到带鞘刀的皮带。丹和哈维正好在海上 20 英寻深的水域。自然，人群中少不了他俩。这次划行非常不容易，丹光买那把刀就花了一些时间。这把刀有着奇怪的铜刀柄。他们跳下大船，划着小船离开时，海上正好下起了雨。这时，他们才想起惹了麻烦，因为耽误了捕鱼。

“我想，要是暖和点，咱俩都会没事的。”丹披着油布雨衣，直打哆嗦。他们渐渐驶入了大雾中心，像往常一样，大雾降临时没有任何预兆。

“周围的海潮捉摸不定，光靠直觉根本不够。”他说，“抛锚，哈维，我们先捕鱼。等会儿雾就散了。放下最重的铅锤。在这附近，三磅的铅锤对你来说不算什么。你看，鱼线早就收紧了。”

船首开始冒泡，大浅滩不可抗拒的力量牢牢地抓住了平底船的锚，但他们看不到船的全貌。

哈维竖起衣领，蜷缩着靠在鱼线轮上，像个疲惫的海员一样。现在，大雾对他来说没什么特别的可怕之处。他们默默地捕了一会儿鱼，发现鳕鱼稳稳地咬钩了。这时，丹拿出鞘刀，在船舷上试了试刀刃。

“真是好东西，”哈维称赞说，“你是怎么搞到这么便宜的东西的？”

“都是他们那天主教迷信在作怪，”丹挥舞着明晃晃的刀。“这么说吧，他们不想从死人身上拿铁物件。我竞拍这把刀子时，看见那个阿里沙特[1]的法国人往后退了。”

“可是，拍卖就不能想着是从死人身上拿的东西了，这是生意。”

“我们当然明白，可没法堵住别人的嘴啊。这也是生活在先进国家的优势。”说着，丹开始吹口哨：

“哦，盖双层茅草屋的工匠，你好吗？

现在，即将到达东部海角

在海角抛锚

男孩女孩很快会相见”

---

[1] 阿里沙特，位于加拿大新斯科舍省。

“那东港人为什么要竞拍呢？他也买了靴子。缅因州很先进吗？”

“缅因州？别提了！他们知道得不多，或者说他们没多少钱去粉刷房子。我见过他们。东港那个人跟我说，这把刀子是用过的——这是船长告诉他的——去年在法国海岸用过。”

“杀人吗？把击鱼棒递给我。”哈维拉起鱼，再次装饵，把鱼线抛下去。

“杀了！当然。我听到这事儿就更想买了。”

“上帝啊，我都不知道。”哈维转过身，说道，“就为这个，等我拿到工资，我给你一美元。不，两美元。”

“真的吗？你真这么喜欢它？”丹涨红了脸，问，“好吧。跟你说实话，我是为你才买下这把刀子的——送给你；但我没说，我想知道你的反应。这归你了，喜欢吧，哈维。我们是同一条船上的伙伴，现在，以后，都是，永远都是。接着！”

说着，丹拿出刀、皮带和其他东西。

“丹，瞧这儿，我不知道怎么——”

“拿着。我要这些没用。希望你能喜欢。”

这样的诱惑实在让人难以抗拒。“丹，你真是个好人，”哈维说，“只要我活着，我会一直保存好它。”

“听到这句话太高兴了，”丹说着，高兴地笑了。然后，他急忙转换了话题：“好像你的绳子动起来了，很快。”

“我估计是被鱼咬住了。”哈维用力拖拽着说。他先把皮带系在腰上，然后才开始拉网。听到刀鞘尖碰撞横坐板的叮当声，内心深处感到一阵喜悦。“注意听！”他大声说，“它好像碰到草莓根儿一样的东西了。不对，这里全是沙地，对吧？”

丹凑过来，用自己的智慧做出了判断。“大比目鱼生气时，会这么干。这儿没有草莓根儿。拉一两次，她肯定会上钩。我想，咱们应该先拉起来，看看怎么回事。”

两个人一起使劲往上拉，每到系索耳的地方鱼线缠绕的速度都会加快，海里的东西慢吞吞地升了起来。

“中奖喽，哦！”丹大喊。然而，一阵尖利、恐怖的声音从海上传来——那是两天前葬身大海的法国人的尸体！吊钩正好勾住他的右腋窝，他就这么摇晃着，笔直地竖起来，头和肩膀耷拉在水面上。他的胳膊紧贴身体两侧，而且——看不清他的脸。两个男孩被吓得摔倒在平底船底，他俩躺在那里不敢动弹，船舷上拉紧了的绳子上还挂着那具尸体。

“海浪——是海浪把他带过来的！”哈维说。当他的手摸到皮带时，嘴唇不住地哆嗦。

“哦，上帝啊！哦，哈维！”丹低声抱怨，“快！他是来取那些东西的。让他拿走，解下来。”

“我不要！我不想要！”哈维哭着说，“可是我找不到皮带扣。”

“快点，哈维！他就挂在你的鱼线上！”

哈维坐起来，开始解皮带。对面就是那个没脸的脑袋，头发湿漉漉地往下滴水，“他还在动，”哈维悄悄对丹说。丹迅速拿出刀子，割断绳子，哈维把皮带扔了老远。那具尸体扑通一声掉进水里，丹小心翼翼地站起来，脸色比大雾都要惨白。

“他是来取那些东西的。他是来取那些东西的。我以前见过一具腐烂的尸体挂在排钩上，没什么可怕的。但这次，他是专门来找咱们的。”

“我希望——我希望我从没买过那把刀。那样，他就不会爬上你的鱼线了。”

“我不知道这有什么区别。这么多年，头一次这么害怕。哦，哈维，你看见他的脑袋了吗？”

“我吗？我这辈子也忘不了。不过，丹，看这儿。其实他并不是故意的。都是海潮的缘故。”

“海潮？哈维，他是来找刀子的。知道吗？他们把他沉在船队往南6英里的地方。我们现在离那条船两英里。他们告诉我，他淹死的时候，身上缠着一英寻半的锚缆。”

“我不知道他要刀子干吗——要上岸吗？”

“比那更糟糕。我想，他是要拿着刀子去找上帝，去——你动那些鱼干吗？”

“把它们扔下船去，”哈维回答。

“为什么？我们又不吃。”

“我不管。我解皮带时看见他的脸了。你如果想要的话，把你钓的留着。我那些留着没用。”

丹虽然什么都没说，可他也把鱼扔了。

“我想，这下就安全了吧。”最后，他小声嘟哝着说，“要是大雾能散去，我宁愿拿出一个月工资。大雾里发生的事情有些是在晴天看不到的——像这类冤魂野鬼。很庆幸，他是这样漂过来的，而不是走着来的。不过，他也许是走来的。”

“别说了，丹！我们这会儿就在他头顶上面。我要是安全地待在船上多好，就算索尔特叔叔揍我都行。”

“他们会来找我们的。吹喇叭。”丹拿起号角，又停了下来。

“吹啊，”哈维说，“我可不想一晚上都待在这儿。”

“问题是，他是怎么拿走那些东西的？以前有个岸上的人跟我说，他曾经在纵帆船上时，大家都不敢吹号去呼唤平底船，因为船长——不是和他在一起的那个，是5年前的那个——有一次他喝醉了，把一个男孩推下船淹死了。从此以后，那个男孩就一直跟着他，经常喊着‘平底船，平底船’。”

“平底船！平底船！”大雾里传来模糊不清的喊声。两个孩子又吓得蜷缩成一团，丹手里的号角都掉在了地上。

“拿好！”哈维大叫，“那是厨子。”

“见鬼，别再让我想起那个愚蠢的故事。”丹说，“当然是厨子来救我们了。”

“丹，丹——，喂，丹！哈维！喂，哈维——！”

“我们在这儿。”两个孩子一起喊起来。他们听到了划桨声，但什么也没看到。直到厨子划着船出现了，浑身湿漉漉，闪烁着耀眼的光芒。

“发生什么事了？”他问，“等回去了，你们准会挨揍！”

“我们正巴不得呢。也是我们应该受的。”丹说，“只要能回家，啥都是好的。我俩真够倒霉了。”厨子给他们抛了一根绳子，丹给他讲了刚才的经历。

“绝对是！他是来找他的刀子的。”最后，厨子只说了这么一句。

厨子划着船穿过大雾，把他俩接回去的时候，他们从来没觉得“我们在此”号如此亲切。船舱里透出温暖的灯光，前方飘来饭食的香气，听到迪斯科和其他人的声音，简直令人心情愉快，这一切是那么的活跃，那么踏实。众人斜倚在船舷，威胁要狠狠揍他们一顿。不过，厨子很有头脑。他先在船尾周围兜兜转转，讲了精彩的故事情节，他把哈维描述成是消灾解难的吉祥神，然后才让他们把平底船拉上纵帆船。于是，这两个男孩简直成了不可思议的英雄，每个人都追着他们问东问西，并没有因为给大家带来了麻烦而惩罚他们。小个子宾发表了抨击愚蠢迷信的演说，但众人并不赞同他，反而喜欢长腿杰克的令人毛骨耸然的鬼故事。他们一直聊到了午夜。这样的情形下，除了索尔特和宾，没有人对“偶像崇拜”持什么异议。厨子点亮蜡烛，摆上蛋糕和水，取了一撮盐，把它们放在船尾，顺水漂流，以此祈祷法国人的亡灵可以安宁，不再来兴风作浪。丹点燃蜡烛，因为是他买了带刀鞘的皮带。厨子叽里咕噜地念诵着什么，直到火苗沉入水中为止。

守夜结束后，哈维问丹：“你怎么看待进步与天主教迷信？”

“哼！我想我和其他人一样足够开明进步，可是没想到那个死去的圣·马洛人，为那 30 美分的刀子，一只手搭在甲板上，差点吓死两个可怜的孩子，所以，只好交给厨子全权处理了。我不相信任何外国人，不管死活，都不信。”

第二天早晨，除了厨子，所有人都为昨晚的仪式感到难堪，只能不分昼夜地干活，彼此说话时，语气也都是恶狠狠的。

“我们在此”号和“帕里·诺曼”号齐头并进，只为争夺最后的几群鱼。双方的竞争非常激烈，于是，其他船队选择了靠边观望，并且开始用烟草打赌。船员们不是忙着拉网，就是忙着加工，一直忙到困得倒头就睡——从黎明前忙到伸手不见五指的深夜。他们甚至把厨子也叫来帮忙。哈维在鱼舱递盐，丹负责加工鱼。“帕里·诺曼”号的一个船员从船舷掉了下来，扭伤了脚踝，“我们在此”号才有幸获胜。哈维觉得船上再也塞不下一条鱼了。可迪斯科和汤姆·普拉特还在不停地堆啊堆，甚至还扔掉了几块大压舱石，把杂乱的鱼堆压紧，最后还能给第二天的鱼留下地方。迪斯科没有告诉他们盐是什么时候用完的，他跑到近船尾的贮藏室，拉起一面大主帆。那时是早晨 10 点。到中午时，三角帆落了下来，他们把上桅帆升起来。一些平底船跟在旁边，想让大船帮忙给老家捎信，并且羡慕他们的好运气。最后，他们清空了甲板，升起旗子——这是驶离大浅滩的第一艘船——起锚，开始返航。迪斯科装作想照顾那些并没有来送信件的同行，让“我们在此”号得体地穿梭在纵帆船间。事实上，这是他小小的凯旋仪式。五年以来的出色航行，确实证明了他是什么样的海员。丹的手风琴、汤姆·普拉特的小提琴，合奏出一支神奇的曲调，只有在盐全部用完时才会听到。

“嗨！嗨！哟吼！送信来！

所有的盐都用完了，起锚回家！

哦，折叠主桅帆，我们回来了

新英格兰——

一千五百公担

一千五百公担

再来一千公担

我们在班奎罗和大浅滩间穿行”

最后几封信系着煤块，被扔在了甲板上。格洛斯特男人们大声喊着要捎给妻子、女性亲眷以及雇主们的口信。“我们在此”号奏着乐曲，穿过船队。船帆在风中飘荡，好像一个人在挥手告别。

不久，哈维发现，扬起三角帆，从一个泊位航行到另一个泊位的“我们在此”号，和那个朝西偏南方向满帆返航的“我们在此”号是截然不同的两艘船。即使在“小儿科”的天气里，轮舵也会受到敲击。他能感受到纵帆船在遇到汹涌的波涛时，鱼舱受到的重创。两侧浪花泛起的泡沫让他头晕目眩。

迪斯科一直在让船员整理船帆。当船帆像赛艇一样铺平时，丹不得不在大主桅上等着，因为它会经常乱飘，必须用手拉开。闲暇时，他们又得抽水，因为那些鱼在不停地滴水，这样才能让船升起来。然而，因为无须捕鱼，哈维有时间从另一个角度去观赏大海。船舷低矮的纵帆船和她周围的环境融为一体。每当她随着波峰涌起时，几乎看不到地平线。通常情况下，纵帆船都是在烦躁的推挤中坚定不移地行进，穿过灰色、灰蓝色，或者黑色的波峰浪谷，周围是一条一条的泡沫带，或者沿海浪的侧面轻柔地滑行。她似乎在说：“你不会伤害我的，是吧？我只是小小的‘我们在此’号。”然后，她就乐呵呵地顺水溜走了，直到碰见新的阻碍。船上迟钝的船员们，日复一日地辛苦劳作，根本注意不到这些。哈维却一点都不呆板。枯燥的涨潮落潮声，伴随着持续不断的浪花拍打声。海风呼啸着掠过空旷的海面，蓝紫色的云影聚在一起。红日喷薄而出，驱散了早晨的阴霾，越过层层的白色巨浪；中午耀眼的阳光炫目而略带咸味；雨滴轻柔地亲吻着死寂的海平面；寒冷刺骨的夜幕宣告一天的结束；月光下的海面波光粼粼，第二斜桅冷峻地搅乱灿烂的星海。这时，哈维总会下楼，找厨子要一个甜甜圈。

不过，最有趣的要数孩子们一起站在轮舵前，汤姆·普拉特在旁边指挥；船桅轻柔地击碎碧蓝的大海，在下风处留下完整的彩虹桥。吊杆的狭窄处碰到桅杆时发出呜咽声，脚索吱吱呀呀地响，鼓涨的风帆咆哮怒吼着。纵帆船落到波谷时，就像一个妇人被自己的丝裙绊倒一样；当她继续前行，到达波峰时，三角帆已经被打湿了。丹依然半吊悬着，殷切眺望着撒切尔岛上高耸的双子塔的灯光。

迪斯科一行离开冰冷灰暗的大浅滩海域，路过圣劳伦斯海峡时，看到了往魁北克方向去的运木船，还有西班牙和西西里的双桅横帆船。这时，海上刮起了来自阿蒂蒙浅滩的东北风，把他们送去观赏塞布尔岛的东方灯塔。不过，迪斯科并没有为此流连忘返，而是和那几条船一起经过韦斯特恩和勒阿弗尔，向乔治斯的北部边缘驶去。从那里开始，纵帆船乘风破浪，欢乐地冲向前方。

“我心里惦记着海蒂，”丹悄悄告诉哈维，“海蒂和妈妈。下个礼拜天你得雇个孩子往你玻璃上浇水，要不然听不到水声你就没法睡觉。我估计，你得一直和我们待在一起，直到你的家人来，你觉得上岸最大的好处是什么？”

“热水澡？”哈维回答。海水打湿了他的眉毛，风干后渗出了白色的盐花。

“挺好，不过有件睡袍更好。自从我们扬帆起航，我就梦想能穿上睡袍，那样你就可以随便活动你的脚指头了。妈妈给我做了一件新睡衣，洗得软绵绵的。那就是家，哈维。那是家！你能从空气里闻到家的味道。我们现在进入热浪的边缘了，我好像能闻到杨梅的味道。我想知道能不能在晚饭时赶回去，往左舵转一下。”

摇摆不定的船帆在沉闷的空气里飘动翻转，周围是深邃平滑的大海，泛起油滑的蓝光。他们吹着口哨等着起风，却只等来一场倾盆大雨，噼里啪啦地下了没多久，便是八月中旬的电闪雷鸣。两人赤着脚、光着上身躺在甲板上，讨论着上岸后第一顿饭要吃什么，因为陆地已经清晰可见了。一艘格洛斯特剑鱼船漂浮在“我们在此”号旁边，一个男人站在船首的驾驶台处，挥舞着鱼叉。他没有戴帽子，头发湿漉漉地耷拉了下来。“一切顺利！”他高兴地大喊着，好像自己正在一艘大客轮上值班一样。“乌尔曼码头的人们都在等你，迪斯科。船队有什么消息吗？”

迪斯科大声回答了他。夏天的狂风暴雨劈头盖脸地砸过来，闪电立刻沿着海角从四面八方射来，像一座座低矮的山丘一样包围着格洛斯特海港。十磅岛，鱼棚，鳞次栉比的屋顶，水中的标杆和浮标。这幅令人炫目的场景时而会出现在“我们在此”号面前，随后又消失了，反反复复有十来次，船尾的响哨浮标在后面发出哀鸣声。接着，风暴慢慢减弱，蓝白色的电光时不时地划过天际，只剩迫击炮一样的雷鸣声，星空下的空气似乎也被震得嗡嗡作响，逐渐一切归于平静。

“旗子，旗子！”迪斯科突然指着前方大喊。

“那是什么？”长腿杰克问。

“奥托！降一半，桅杆。那样，他们从岸上就能看见我们了。”

“我忘光了。他不是格洛斯特的人，是吧？”

“今年秋天会娶格洛斯特女孩。”

“圣母保佑她！”长腿杰克一边说，一边把桅杆放低一半，以防自己也像奥托一样。三个月前，奥托在刮大风时从船上掉了下去。

迪斯科擦掉眼睛上的水，低声传达了他的命令，指挥“我们在此”号驶入乌尔曼港口。纵帆船围着拖轮摇摆，守夜人从漆黑的码头呼唤“我们在此”号。黑暗中，整个过程充满了神秘感，哈维能感觉到自己再次靠近了大地，成千上万的人进入了梦乡，雨后的泥土散发着味道，货场熟悉的调度引擎不住地发出吭吭声，这一切都让他心跳加速。他们听到灯塔上值锚更的人在打呼噜，嗅到了深邃黑夜里一团闪烁的灯光。一些人被惊醒了，一边抱怨一边扔给他们一根绳子。很快，他们便登上了安静的码头。这里的两侧排列着铁顶的工棚，空旷却温暖，悄无声息地立在那里。

这时，哈维坐在轮舵旁不停地抽泣，感觉心都要碎了一般。一直坐在磅秤上的大个子女人跳上纵帆船，立刻亲吻丹的脸颊，那是丹的母亲。电闪雷鸣时，她看到了“我们在此”号。直到哈维缓过劲来，她才注意到这个孩子。迪斯科给她讲了哈维的故事。天亮时，他们一起回到迪斯科的家。等到电报局开门后，他才能给家人发电报。哈维·切尼也许是全美国最孤单的小孩了，可奇怪的是，迪斯科和丹似乎觉得哈维压根没必要哭。

直到迪斯科出现，乌尔曼码头也还没准备好接受他的价码，因为“我们在此”号比任何一艘格洛斯特船都要提前至少一周抵港，所以他们可以考虑几天。于是，所有人都到街上去转悠。长腿杰克拦下一辆洛基有轨电车，他说按规定，自己可以免费乘车，最后售票员只得同意。丹翘起雀斑鼻子，趾高气扬地到处走动，在家人面前故作神秘。

“丹，如果你再这样，我就要揍你了。”特鲁普闷闷不乐地说，“这次，自打我们上岸，你表现得太无知愚蠢了。”

“他要是我儿子的话，我早就动手了。”索尔特叔叔没好气地说。他和宾寄宿在特鲁普家。

“哦呼！”丹在后院一边拨弄手风琴，一边准备在敌人进攻时随时翻墙逃走。“迪斯科，你一直相信自己的判断力，不过你要记住，我可警告过你，你自己的亲生骨肉警告过你！要是你判断错误的话可别怪我，但我会坐在甲板上看着你。还有你，索尔特叔叔，法老的侍酒官[1]可没跟着你！你小心点，等着瞧。你会像该死的苜蓿草一样被铲除；我就不一样了——丹·特鲁普——我会像一棵月桂树一样茂盛，因为我没有坚持自己的观点。”

迪斯科穿着一双精美的绒毡拖鞋，端起在岸上的架子，一边抽烟一边说：“你越来越像可怜的哈维了。你俩一直在桌子底下挤眉弄眼，互相踢打，整个房子都不得安宁。”

“对一些人来说，会发生很大变化。”丹回答道，“你们等着瞧。”

丹和哈维乘坐电车去了东格洛斯特。在那里，他俩穿过杨梅树丛，走到灯塔下，躺在红色的巨石上，笑得肚子都饿了。哈维给丹看了一封电报，两人发誓一定要保守秘密，直到真相大白。

“哈维的家人？”晚饭后，丹一脸沉静，说道，“嗯，我觉得他们没什么了不起的，要不然为什么到现在我们都没收到他们的任何消息。他爸在西部有好多商店。说不准，他会给你五美元，爸爸。”

“我跟你说过什么？”索尔特说，“吃饭时，不要乱喷唾沫。”

[1] 法老的侍酒官，出自《圣经》创世记里的一个故事。法老的侍酒官犯了错被关进牢里，约瑟为他解梦，预言三天后会官复原职，果然应验。

第九章

Chapter Nine

不论切尼先生个人有多难过，即便他是百万富翁，他都必须和其他工人一样，让自己的生意得以继续。年老的哈维·切尼在六月底就去了东部，那里有一位崩溃的妇人，半疯半傻，日思夜想她那葬身茫茫大海的儿子。她的周围都是切尼先生安排的医生、训练有素的护士、按摩师，甚至还有心理疗伤师，然而，一切都是徒劳的。切尼太太一动不动地躺在那里，要么陷入深深的哀恸，要么向每个愿意听她诉说的人讲起儿子的故事，一说就是一个小时。她已经绝望了，可是谁又能给她希望呢？她所需要的是有人向她保证，溺水而亡不会有痛苦。因此，她的丈夫只好派人看着她，以防她去亲自试验。对于自己内心的伤痛，他只字不提——只有当他独自坐在办公桌前，看着日历，自问继续下去有什么意义时，才能体会到深深的痛。

在他的脑海里，曾经有过非常令人满意的安排：某一天，当他把所有事情都安排好，儿子从大学毕业，他会把自己的想法告诉儿子，并且把产业交给他。到那时，他会像所有忙碌的父亲一样，让儿子成为他的左膀右臂和同盟军，他们会一起打拼灿烂的事业，迎接美好的未来——有经验的老者辅助年轻气盛的头脑。现在，他的儿子死了——葬身大海，就像切尼的一艘运茶船上的瑞典海员一样；更糟糕的是，他的妻子也快不行了。他自己也被一群妇女、医生、侍女、仆人搞得晕头转向；他简直无法承受妻子那些不停变化的怪念头；绝望的切尼已经再没有心情去面对生意场上的那些竞争对手了。

他把妻子带到圣地亚哥的住所，那里还没有完全建好。他把妻子和她的随从安排到价格不菲的侧厅，他自己住在带阳台的房间里，左右分别住着秘书和兼做电报员的打字员，成天忙得精疲力尽。西部的四条铁路正在打价格战，这原本应该是他感兴趣的；在他俄勒冈州的木材场里发生了一场毁灭性的大罢工，加利福尼亚州的议会不喜欢他，而且正准备向他宣战。

往常，不等对方宣战，他就会率先发难，肆无忌惮地采取一些手段，只要自己高兴就好。然而，现在的他浑身无力，瘫坐在椅子里，黑色的软帽耷拉在鼻子上，魁梧的身子蜷缩在宽松的衣服里，不知道是在盯着脚上的靴子，还是在看海湾里的中式帆船。他一边随手打开周六的邮件，一边心不在焉地回答秘书的问题。

切尼正在琢磨，如果放下这一切，换得脱身，需要付出多少代价。他买了巨额保险，可以获得丰厚的养老年金，还可以去他在科罗拉多的地盘，或是在华盛顿或南加利福尼亚岛这样的地方建一个小社区（那样对他妻子有好处），也许一个人会在这种环境里忘记那些实现不了的计划。另一方面……

打字机的敲击声戛然而止，女打字员看着秘书，脸色煞白。

他递给切尼一封来自圣弗朗西斯科的信：

落水后被渔船“我们在此”号救起

大浅滩捕鱼很开心

幸有迪斯科·特鲁普照顾

在格洛斯特等候汇款或指示

妈妈可好

哈维·切尼

电报从这位父亲的手中掉在了地上，他的脑袋靠着办公桌的盖板，呼吸变得急促起来。秘书急忙去找切尼太太的医生，医生来了以后，发现切尼先生在房中踱来踱去。

“怎么——你怎么看待这封信？可能吗？它是什么意思？我有点不太明白。”切尼大声嚷嚷道。

“我知道，”医生说，“我每年少赚 7 千美元——就这么回事。”他想到由于切尼专横的命令，内心经过痛苦挣扎后放弃了纽约的诊所，长叹一声后归还了电报。

“你的意思是要告诉她？要是个骗局呢？”

“那么做的动机是什么？”医生非常冷静，“一查就明白了，这就是那小子。”

一位法国侍女冒冒失失地闯进来，这种必不可少的人物只有高薪水才能留得住。

“切尼夫人说让您马上过去。她有事找您。”

这位身价三千万的富翁毕恭毕敬地跟在苏珊娜后边；一个尖细高亢的声音从宏伟的白木楼梯上传来：“什么？发生了什么事？”

切尼先生爆出这则消息后不久，整幢房子里回响着这个声音，任何门窗都无法阻挡。

“没事儿，”医生沉着地对打字员说，“小说中仅有的关于医学的描述提到，任何喜悦的真相都不会致命，金丽小姐。”

“我知道，但我们首先得做很多事情。”金丽小姐来自密尔沃基，喜欢直来直去；她开始琢磨秘书的想法，猜测马上要忙起来了。秘书正认真地看着墙上的美国地图。

“米尔索姆，我们立刻出发。私家专列——直达——波士顿。马上联系。”切尼朝楼下大喊。

“我早就知道会是这样。”

秘书转向打字员，两人四目相对（这里面还有一段故事——不过，与本文无关），打字员好奇地望着秘书，对他的消息来源表示怀疑。他向她打了个手势，示意她去发送摩斯电码，就像将军调兵遣将一样。然后，像音乐家一样，撩了撩头发，看了看天花板，开始工作。金丽小姐用白皙的手指敲击电码，接通了美洲大陆。

“K.H·韦德，洛杉矶——‘康士坦茨’号是在洛杉矶，对吧？金丽小姐？”

“对，”金丽小姐一边敲击电码一边点头。秘书看了看腕表。

“准备好了吗？‘康士坦茨’号私家专列将开向那里。安排好周日准时从这里出发。接下来，周二，芝加哥，联系纽约十六大道的特快列车。”

咔嗒——咔嗒——咔嗒！“你没有更好的安排了吗？”

“在这些路段上没有了。从这儿到芝加哥需要花费60小时的时间。就算是乘坐开往东部的专列也没有多快。好了吗？接下来还要安排湖岸和密歇根南部铁路，做好迎接‘康士坦茨’号的准备，转往纽约中心和哈得孙河，途经布法罗，去奥尔巴尼，通知这些地方，要从奥尔巴尼到波士顿。我绝对要在周三晚上抵达波士顿。要确保没什么阻碍。发电报给卡尼夫，托西和巴尔尼斯。——署名，切尼。”

金丽小姐点点头，秘书继续往下讲。

“现在，接着。发给卡尼夫、托西和巴尔尼斯。准备好了吗？芝加哥的卡尼夫。下周二下午，我的私家专列‘康士坦茨’号将抵达纽约的十六大道，然后接特快列车开到布法罗。经由纽约中央铁路去奥尔巴尼。——去过纽约吗，金丽小姐？总有一天，我们会去，——好了吗？私家专列在周二下午由布法罗到奥尔巴尼。这是发给托西的。”

“我没去过纽约，但我知道那里！”金丽小姐猛地抬头说道。

“对不起。现在发给波士顿，奥尔巴尼的巴尔尼斯，内容和从奥尔巴尼到波士顿的安排一样，下午3点5分出发（你不用发这句话）；周三晚上9点5分就能到。这些都是韦德要做的，不过会让老板们发抖。”

“棒极了，”金丽小姐的眼睛里充满了钦佩，这才是她所熟悉并且欣赏的男人。

“还行吧，”米尔索姆谦虚地说，“现在，要不是我，别人得浪费 30 个小时，花一星期的时间才能想出这条路线，而不是拿出从圣达菲直接去芝加哥的计划。”

“但你看这儿，关于纽约特快列车。就算是昌西·迪普自己，也绝不会让他的私家专列挂在这趟车上的。”金丽小姐回过神来，说出自己的看法。

“是，但他不是昌西，他是切尼——是闪电。没问题。”

“就算如此。不管怎么样，我想我们最好给那孩子拍个电报，你忘了。”

“我会问的。”

秘书返回时，带来了切尼先生命令儿子准时在波士顿见面的消息，他发现金丽小姐正对着电报机的电键笑。接着，米尔索姆也笑了起来。因为洛杉矶发来了情绪失控的电报：“我们想知道为什么——为什么——为什么，大家的不安情绪在蔓延。”

十分钟后，芝加哥方面再次给金丽小姐发来了请求：“如果发生了世纪大案，请及时通知我们。我们将严阵以待。”

比这些更加可笑的是托皮卡发来的消息（托皮卡到底在想什么，就连米尔索姆也猜不到）：“别开枪，上校。我们马上投降。”

当切尼收到对手们的回复时，看着他们的惶恐不安，切尼冷冷地笑了。“他们以为我们要发动战争了。米尔索姆，告诉他们，我可不想现在开战。跟他们说明，我们为什么这么做。我觉得你和金丽小姐也应该一起去，虽然我在路上也不可能做什么生意。告诉他们实情吧——仅此一次。”

于是，真相大白。金丽小姐充满感情地敲击电键，秘书引用了令人难以忘怀的名言：“让我们与和平相拥吧。”两千英里外的董事会会议室里，铁路工程的代表们终于松了一口气，他们手里操纵的铁路价值6300万美元。切尼要飞奔去见独子，这个孩子竟然失而复得，简直是奇迹。老熊要去找幼崽，而不是找公牛打斗。这些为了经济命脉而拿起匕首的硬汉，现在放下武器，祝福切尼一路顺风。6个惊魂未定的笨脑瓜活跃起来了，吹嘘说要是切尼不放下武器的话，他们原本可能会有大动作。

对于电报局来说，这是一个忙碌的周末。既然焦虑已经消散，各地的人们就开始忙着为切尼一行安排食宿了。洛杉矶向圣地亚哥和巴斯托发了电报，南加利福尼亚州的工程师们收到了通知，待在孤寂的机车车库里准备就绪；巴斯托把这些命令又传达给大西洋和太平洋铁路；阿尔伯克基又全部转述给艾奇逊、托皮卡和圣达菲的管理层，甚至连芝加哥也收到了消息。车头、车厢、全体司乘人员和那辆镀金的“康士坦茨”号专列一起浩浩荡荡地出发了，即将行驶2350英里。这趟列车要先行出发，赶在177次列车会车前通过。调度员和工作人员都接到了通知。专列需要16台发动机，16位工程师，16名消防员——每台发动机和每名司乘人都要最优秀的。更换发动机只有两分半的时间，三分钟加水，两分钟加煤。“告诉他们，按照要求布置水箱和斜槽；

因为哈维·切尼非常着急，着急——着急，”电报急得都要唱起来了。“预计列车时速将达每小时40英里，各部门监管员要在各自负责的路段护送好专列。从圣地亚哥到十六大道，芝加哥，让魔毯飞起来吧。全速前进！”

“天气会越来越热。”切尼说。星期天，天还没亮，他们就出发了。“我们要加快速度，夫人，尽我们一切可能。但我真觉得你没必要戴上软帽和手套，你最好吃点药，躺下来。我想让你玩儿多米诺骨牌，但今天是礼拜天。”

“我没事儿。哦，我没事儿。但是——摘下帽子会让我感觉永远到不了那儿。”

“睡会儿吧，夫人。不等你醒来，我们就能到芝加哥。”

“可我们要去的是波士顿，亲爱的。告诉他们快点。”

6英尺高的机车奋力开往圣巴纳迪诺和莫哈维荒原，但是现在的路况不适合加速，驶出这里后才能提速。当他们转向东部的尼德尔斯和科罗拉多河时，沙漠的热气紧随高山的热浪。列车在干旱和炽烈中吱吱呀呀地前进，他们把碎冰敷在切尼太太的脖子上，继续漫长的旅程，经过阿什福克，向着弗拉格丝塔芙行驶。那里的天空是干燥的，广袤的大地上有森林，有猎物。迈速表的指针来回摇摆，车顶的煤屑嘎嘎作响，旋转的车轮卷起尘土。列车内的乘客们坐在床铺上，挽起衣袖也还是热得气喘吁吁。切尼坐在人群中，为了压过机车的呼啸声，不得不扯开嗓门，讲那些每个铁路人都知道的关于铁路的老掉牙的故事。他还讲了儿子的事情，他是如何在大海中死里逃生的，他们不住地点头，鼓掌，为他祝贺；人们问起“后边”的切尼太太，还说要是火车司机再快一点点的话，她能否承受得了。切尼先生认为她可以。于是，这条庞大的火龙从弗拉格丝塔芙一路狂奔至温斯洛，直到相关路段的调度员提出抗议才慢下来。

然而，在特等包厢里的法国侍女吓得脸色煞白，紧紧抓住银制门把手。切尼太太却只是小声嘟哝着，一个劲儿地请求丈夫命令火车继续加速。于是，列车将干燥的沙漠和亚利桑那的银色月光映衬下的岩石一起抛在身后，继续在酷热中飞奔，直到挂钩发出撞击声，刹车软管滋滋作响，他们才知道已经通过洲际分界，到达了柯立芝。

三名勇敢而有经验的司机——出发时冷静而自信，浑身清爽；当他们结束可怕的车轮之行时，脸色惨白，瑟瑟发抖，汗流浃背——完成了一次伟大的飞跃，从阿尔伯克基到了戈洛丽塔，离开斯普林格，爬上州立铁路的拉顿隧道，他们又闯入拉洪塔，在这里，阿肯色的景色一览无遗，又从长长的斜坡俯冲至道奇城，切尼看着调快一小时的手表，再次松了一口气。

车厢里没有人说话。秘书和打字员一起坐在压扁的西班牙毛垫上，后边是平板玻璃做的瞭望窗，窗外此起彼伏的铁轨交织在一起，好像在记录沿途的风光。从极度奢华夸张的包厢到空旷简洁的走廊，切尼先生焦灼地踱着步子，嘴里叼着雪茄却没点燃。司乘人员也忘记了他是众人的敌人，反而对他深表同情，竭尽全力去款待，让他高兴。

夜里，这个大家伙经过了翻山越岭的辛苦之后，车厢里的灯光照亮了豪华的宫殿。他们走过繁华，穿过荒芜。此刻，他们听到水箱发出的嗞嗞声，一个中国男人发出的嘶哑喉音，锤子敲击克虏伯车轮的叮叮当当声，流浪汉在车尾平台遭到驱赶时的咒骂声，工人将煤块扔进灶膛的咣当声，当他们经过一列停靠着的火车时反射回来的轰鸣声。大家向窗外望去，只见外面是深邃的深渊，脚下是高架桥，有时又会爬上遮蔽半个星空的岩石山。有时，陡崖和沟壑过后，列车又进入地平线边缘的崇山峻岭。现在，他们又突然闯进山间，地势越来越低，直到进入真正的大平原。

在道奇市，有个陌生人伸进一只手，扔了一张堪萨斯报纸，上面登载了采访哈维的一则报道，显然他是偶遇了一位事业心强的记者，这个人从波士顿发了一封电报。这则令人愉快的新闻报道说明哈维安然无恙，同时也让切尼太太稍稍宽慰了些。她又让工作人员向司机下令“加速”，经过尼克森、托皮卡和马塞利诺时，列车的速度很容易便提了上去，于是，他们飞快地将西部大陆抛在身后。乡村和城镇挤在一起，有人觉得自己仿佛置身于人群中一样。

“我看不到数字，眼睛疼，我们现在跑得怎么样了？”

“尽我们的能力跑到最快，夫人。我们没必要赶在特快列车前抵达，就算到了也只能等着。”

“我不管。我要找到行进的感觉。坐下来，告诉我还有多远。”

切尼先生坐下来，为她念着数字（上面有当天所创造的速度纪录），但是这辆 70 英尺长的列车仍然无法改变蒸汽机车固有的缓慢爬行，只能像一只巨型蜜蜂一样嗡嗡地在热浪中穿行。然而，这个速度对于切尼夫人来说还是不够的；热浪，无情的八月热浪，让切尼夫人头晕目眩，她觉得指针根本没有动，什么时候，到底什么时候才能到芝加哥呢？

他们在抵达麦迪逊堡时，更换了发动机，切尼给机车司机联合会捐了一笔钱，足够让他们彼此平起平坐。然而事实并非如此，他只是向司机和消防员支付了他认为他们应得的费用，只有银行才知道他给了那些同情自己的人多少酬金。记录显示，在十六大道，最后一名员工全权负责转轨操作，因为切尼夫人终于睡着了，如果谁在转轨时把她撞醒的话，那可就足够上帝忙活了。

现在，有一位高薪聘请的专家，负责把湖滨和密歇根南部的快车从芝加哥护送到埃尔克哈特。他有点像独裁者，不喜欢被人命令，不接受别人就如何倒车给出的建议。不过，他对“康士坦茨”号却是小心翼翼的，如同这趟列车上装满炸药一样，就算同伴指责他，他们也只是悄悄耳语或者比画手势。

“闭嘴！”艾奇逊、托皮卡和圣达菲的工人后来谈起这件事情时说，“我们又不是为了创造纪录。哈维·切尼的老婆在后边生病了，我们不想让她遭受颠簸。想想看，我们从圣地亚哥到芝加哥的行驶时间是 57 小时 54 分。你可以把这个数字告诉东部线路的人们。我们真要是为了创纪录，一定会告诉你的。”

对于西部人来说（尽管这会让每个城市不高兴），芝加哥和波士顿的距离非常近，铁路更是助长了这种错觉。高速列车带着

“康士坦茨”来到布法罗车站，进入纽约中心站，踏上哈得孙河铁路（几位胡须雪白，戴着金表的著名大亨登上这辆列车来和切尼谈生意），优雅地进入奥尔巴尼。从波士顿到奥尔巴尼的一路穿行——总耗时 87 小时 35 分钟，也就是 3 天 15 小时 35 分钟。哈维正在这里等他们。

经过激烈的情感宣泄后，大多数成年人和孩子都想起该吃饭了。他们放下窗帘，一边享受伟大而幸福的团聚，一边为失而复得的儿子准备了丰盛的美食，周围的火车呼啸而过。哈维吃饱喝足后，一口气夸张地讲完了他的历险记，时不时地用一只手把妈妈抚摸他的手推开。长期生活在空旷而充满咸味的空气里，他的声音变得浑厚了，手掌也变得粗糙而坚硬，手腕上的斑斑点点都是鱼内脏划伤的疤痕，橡胶靴和蓝毛衣上全是鳕鱼的味道。

那位阅人无数的父亲热切地望着他。他不知道儿子在这些日子里到底承受了多少苦难。其实，他忽然发现自己并不了解儿子，但他清晰地记得有一个圆脸小男孩，永远不满足，总是喜欢“缠着老爸”，惹妈妈落泪——就是这样一个在公共场合和酒店大厅找乐子的男孩，含着金钥匙出生的他喜欢捉弄或斥责门童。然而，眼前这个身体健壮的年轻渔夫丝毫没有扭扭捏捏，他的眼神坚定而清澈，毫不畏缩地看着父亲。他说话时的声音清晰利落，语言掷地有声，充满了敬意。而且，他的嗓音好像在承诺这种改变是永恒的，全新的哈维已经来到。

“一定是有人强迫他改变了，”切尼先生心想，“现在，‘康士坦茨’号上可不会发生这样的事，就算欧洲人的教育也不会有更好的效果。”

哈维把故事至少已经详详细细地讲了两遍，但是他的妈妈还是在反复问：“可你为什么不告诉这个人——特鲁普——你是谁？”

“迪斯科·特鲁普，亲爱的。行走于甲板上的最好的男人。我不管排第二的是谁。”

“你为什么不让他送你上岸呢？你要知道，你爸爸会给他十倍多的钱。”

“我知道；可特鲁普觉得我疯了。我还说他是贼，因为我找不到兜里的钱了。”

“有个水手在旗杆旁发现了——就在那天晚上。”切尼太太哭着说。

“那正好能解释清楚。我再也不怪特鲁普了，我只是说我不会干活儿——在一艘捕鳕渔船上——当然，他打了我鼻子，哦，我像一头猪一样动不了。”

“我可怜的宝贝！他们肯定虐待你了。”

“也没多严重。噢，后来，我就找到光明了。”

切尼拍着他的大腿笑了。这个男孩将按照自己的心意去成长。以前，他从没有在哈维眼中看到过这种光芒。

“那个老头一个月给我 10 块半，现在支付了一半。我和丹一起干活。我还做不了大人的活儿，但我能和丹一样掌控平底船了。大雾天气，我也不会慌——不那么慌了。风不大的时候，我也可以自己独当一面——那是掌舵的技巧，妈妈——我还可以自己给排钩装饵，当然，我了解自己的绳索；而且，母鲸游回来时我能准确地扔诱饵。我对老约瑟夫的故事非常清楚。我还要给你演示怎么用一片鱼皮擦干净咖啡渍，还有——请再给我一杯。嗨，你们不知道，每天要干多少活儿，一个月才能到挣10块半！”

“我刚开始才挣8块半，儿子。”切尼说。

“真的吗？你从没有告诉过我，爸爸。”

“你也从来没问过啊，哈维。有一天，我会告诉你的，只要你愿意听。试试橄榄汁吧。”

“特鲁普说这个世界上最有趣的事情是看着别人跟他学到生活的本领。又能吃到精心准备的美食了，真好。虽然我们也能吃饱，但是大浅滩还是很艰苦。迪斯科给我们吃的最好，他是个好人，还有丹——迪斯科的儿子——丹是我的搭档。还有索尔特叔叔和他的粪肥，而且他还读《约瑟夫》，但他坚信我疯了。还有可怜的小个子宾，他真是个疯子。你绝不能和他说约翰斯敦，因为——哦，还有，你一定要认识一下汤姆·普拉特，长腿杰克和曼纽尔。曼纽尔救了我的命。可惜他是个葡萄牙人，他说得不多，但他是个很不错的音乐家。他发现我被钩住了，漂啊漂啊，然后就把我给捞上来了。”

“我想知道，你的神经没受伤吧？”切尼太太问。

“怎么可能，妈妈！我像马儿一样辛苦干活，像猪一样能吃，睡觉像死人一样沉。”

对于切尼太太来说，这些已经够她受了。她开始想象自己的眼前有一具尸体漂浮在茫茫大海上。她回到自己的特等间，留下哈维蜷缩在爸爸身边，讲述他所受到的恩惠。

“你可以以我的名义去为他们做任何事情，哈维。听你这么一说，他们似乎都是好人。”

“船队里最好的人，爸爸。你可以去格洛斯特打听，”哈维说，“但是迪斯科一直觉得是他治好了我的神经病。我把你、我们的私家车和其他所有的事情只告诉了丹一个人，但我不太确定他有没有相信，明天，我要让他们吓一大跳。比如，他们能不能开着‘康士坦茨’去格洛斯特呢？不管怎么说，妈妈好像不适合活动，我们明天肯定会把鱼都处理完毕。他们会买我们的鱼。你看见了吧，我们是这个渔季里第一个离开大浅滩的，一公担卖4块2毛5。我们坚持这个价格，直到他们接受为止。他们很快就会买。”

“那你的意思是明天还要工作？”

“我告诉特鲁普我会回去工作。我负责称重。我还带了账本。”他看着油乎乎的账本，眼神是那么郑重其事，他的爸爸差点透不过气来。“据我所知，还有300公担的鱼——不——准确地说是294或295。”

“雇人替你吧。”切尼建议，他想看看哈维会说什么。

“不会，爸爸。我是纵帆船上的记账员。特鲁普说我有数字头脑，比丹要强，特鲁普是一个非常公正的人。”

“好吧，我想‘康士坦茨’号今天晚上不会挪地方了，你打算怎么办？”

哈维看了看表，指针指向11点20分。

“我就睡这儿，睡到3点。然后坐4点的运货车。按规定，船队里的人可以免费乘坐。”

“那是你的打算，但我觉得‘康士坦茨’号能和你们的运货车一样快。你现在最好睡觉吧。”

哈维躺在沙发上，踢掉靴子，还没等爸爸关灯，他就睡着了。切尼坐在旁边，看着这张年轻的面孔，手臂的影子落在他的额头上。切尼想起了很多事情，他发现自己作为一个父亲，忽略了太多。

“一个人永远不会知道自己什么时候会遇到最大的危险，”他说，“也许这比淹死更糟糕。不过我不希望如此——我可不希望。要真是那样的话，我可没那么多钱给特鲁普，就这么回事。我不觉得有什么危险。”

早晨，清新的海风从窗户吹进来，“康士坦茨”号和其他运货车并肩停靠在格洛斯特，哈维早已开始工作了。

“那样，他又会掉下船被淹死的。”切尼太太痛苦地说。

“我们去看看吧，万一有情况可以给他扔条绳子。你还没见过他为自己挣饭钱呢。”

“胡说八道！好像有人盼着他——”

“好吧，那个男人雇了他，他也没错。”

他们走下列车，经过街道两旁挂满油布雨衣的商店，来到码头。“我们在此”号格外显眼。灿烂的晨光里，在大浅滩时挂上的旗子依旧迎风飘扬，所有人都像海狸一样七手八脚地忙得不可开交。迪斯科站在主桅旁，监督忙着拉索具的曼纽尔、宾和索尔特叔叔。长腿杰克和汤姆·普拉特装满篮子时，丹把它们都扔到船上。海水飞溅的码头边上，哈维手拿笔记本，代表船长，站在磅秤员前面。

“好啦！”下边的声音大叫道。“拉！”迪斯科大喊。“嗨！”曼纽尔说。“这儿！”丹推开篮子说。接着，他们听到了哈维的声音，清脆而稚嫩，他正在核对重量。

最后一条鱼被扔进去时，哈维抓住横索一跃而起，跳到6英尺高的纵梁，他把账本交给迪斯科，这是最近的一条路。他大喊：“297公担，全部清仓。”

“哈维，总数多少？”迪斯科问。

“865公担。3676块2毛5。除了工资，我希望也能有提成。”

“好吧，我可不能说没你的份儿，哈维。你能不能把咱的账本送他们办公室去？”

“那个男孩是谁？”切尼问丹。丹已经习惯了，这类被称作夏天的寄宿客的闲人，总是爱东问西问，四处闲逛。

“哦，货物管理员啊，”丹回答，“他漂在大浅滩上，我们救了他。他说自己是从一艘大客轮上掉下来的，他是一名乘客。现在他顺便就成了渔民。”

“他值那个工资吗？”

“当然。爸爸，这个人想知道哈维值不值你给的工钱。喂，你们想上船吗？我们可以给夫人搭梯子。”

“的确，我很应该上去，没事儿，夫人。你也能亲自去看看。”

一个星期前，这位夫人连头也抬不起来，现在却能顺着梯子爬上船，站在乱糟糟的杂物和索具之间，惊讶不已。

“你们对哈维感兴趣？”迪斯科问。

“嗯，是——啊。”

“他是个好孩子，不管吩咐他做什么，他都能做好。你知道是我们救了他吧！我猜，我们救起他时，他的神经受损很严重，要不然就是头撞在什么上了。现在，他全好了。对，这是船舱，虽然有点乱七八糟的，但还是欢迎你们来参观。烟囱管上的是他记的数字，我们一般都在上面记东西。”

“他睡这儿吗？”切尼太太问。她坐在黄色的箱子上，审视着那些乱糟糟的床铺。

“不。他在前面睡，夫人。只有他和我儿子偷钓煎饼时才会待在这里。除了这个，我找不出他有什么其他毛病。”

“哈维也不是什么毛病都没有，”索尔特叔叔从楼梯上走下来，说，“他把我的靴子挂在主桅上，而且他不尊重比他懂得多的人，尤其是种地方面的。不过，大多数时候，他都是被丹给带坏了。”

丹在早晨就已经收到了哈维的暗示，此刻的他正在甲板上跳起欣喜若狂的战舞。“汤姆！汤姆！”他站在舱口朝下面低声叫道，“他的家人来了。爸爸还不知道。他们正在船舱里谈话。那位夫人真是温柔。看长相，他爸爸真的是哈维说的那样。”

“我的天哪！”长腿杰克满身海盐和鱼皮地从底舱爬上来，说，“他说的小男孩的故事和小马车是真的吗？你相信吗？”

“我一直都知道是真的。”丹说，“过来瞧瞧爸爸怎么面对自己的失误。”

他们高兴地走过来，正好听到切尼先生说：“听到这样的评价，我很高兴。因为——他是我儿子。”

迪斯科吃惊得合不上嘴——长腿杰克发誓说听到了他的下巴发出咯噔的声响——他瞪大眼睛盯着切尼先生，又看了看切尼夫人。

“四天前，我在圣地亚哥收到了他发的电报，所以我们就来了。”

“坐着自己的私家列车？”丹说，“哈维说你们可能会坐专列来。”

“当然，自家的车。”

丹不住地眨巴着眼睛，傲慢地看着迪斯科。

“他给我们讲过一个故事，说他自己有一辆四匹小马拉的车子。”长腿杰克问，“那是真的吗？”

“很有可能，”切尼说，“夫人，有吗？”

“我们在托莱多时，他有一辆小马车。我想应该是那辆。”切尼太太说。

长腿杰克小声吹了声口哨，说：“哦，迪斯科。”然后就再没说什么。

“我是——我被自己的判断误导了——比马布尔海德人都要笨。”迪斯科说出这番话时好像被起锚机吊起一样吃力，“我不是有意冒犯你，切尼先生，我误以为孩子疯了。他提到钱的时候很古怪。”

"他和我说了。"

"他跟你说别的了吗?因为我打过他一次。"说着,迪斯科紧张地瞟了切尼太太一眼。

"哦,说了。"切尼回答,"我必须说,也许对他来说,这是世界上最好的事情。"

"我认为必须打他,要不然我绝不会那么干。我不想让你们以为孩子在这条船上受了虐待。"

"我没这么想,特鲁普先生。"

切尼太太一直在观察这些人——迪斯科长着一张象牙黄色的脸,没有胡子,刚毅而无私;索尔特叔叔的头发带着农村的味道;宾满脸单纯和困惑;曼纽尔安静地微笑着;长腿杰克咧开嘴笑起来;汤姆·普拉特的脸上有块伤疤。凭着自己的标准,切尼太太认为他们都是粗人。然而,她的眼睛里流露出母亲的智慧。于是,她站起来,伸出双手。

"哦,请告诉我,你们都是谁?"切尼夫人一边啜泣,一边说,"我想谢谢你们,报答你们——所有人。"

"说实话,这已经是给我的百倍回报了。"长腿杰克说。

迪斯科正式介绍了每位成员。就算古代的中国人也做不到船长这么有礼貌,切尼太太语无伦次地连声道谢。当她知道是曼纽尔最先发现哈维时,她几乎要扑过去抱住曼纽尔了。

"可我怎么能让他一直漂在海上呢?"可怜的曼纽尔说,"要是你发现他在海里会怎么做呢?额,什么?我们有这么一个好孩子,很高兴你们有这样的儿子。"

“他还告诉我，丹是他的搭档！”切尼太太大声说。丹的脸早已开始泛红，但是当切尼太太当着众人的面在他的双颊上亲吻时，他羞得满脸通红。接着，他们领着切尼太太到前面参观了前甲板。这时，她又开始哭起来，非要下去看看哈维和大家一模一样的床铺。在这儿，她看到一位黑人厨子正在清理壁炉。当她走进来时，他点了点头，仿佛已经等了她很多年。大家一起给切尼太太讲船上的日常生活，她坐在制转杆旁边，双手戴着手套，放在油乎乎的桌上，有时笑得嘴唇颤抖，有时两眼含着泪花。

“以后，谁还会上这艘船来？”长腿杰克对汤姆·普拉特说，“我总感觉她把这里当成了大教堂。”

“大教堂！”汤姆·普拉特嘲笑道，“哦，要是一艘渔业委员会的船，而不是这艘被吹得摇摇欲坠的破船就好了。如果她来的时候，我们能体面些，有秩序，船上还能有其他迎宾的话，她就能昂首挺胸地登上楼梯，那样，我们——我们得多派些人手。”

“这么说，哈维就不是疯子了？”宾慢条斯理地对切尼说。

“不，当然不是，谢天谢地，”伟大的百万富翁弯下腰，温和地回答道。

“发疯是一件可怕的事情。除了失去孩子，我不知道还有什么事情比这更糟糕。但是，你儿子回来了，对吧？让我们一起感谢上帝吧。”

“嗨！”哈维在码头上热情地朝下面大喊。

“我搞错了，哈维。我搞错了。”迪斯科马上伸出一只手，说，“我判断失误。你别再提了。”

“我想，我会注意这件事的。”丹轻声嘀咕说。

“你现在就要走，对吗？”

“是啊，可你还没给我工钱呢，除非你想让‘我们在此’号被扣下来。”

“这事啊，我差点忘了，”说着，他数了数剩下的钱。“你干完了所有约定的活儿，哈维。你做得非常棒，好像你天生就在——”迪斯科赶紧闭上了嘴。他不知道该怎么往下说了。

“在私人专列外面的世界吗？”丹接过话来，毫不留情。

“快来，我指给你们看。”哈维说。

切尼留下来和迪斯科继续谈话，其他人都在切尼太太的带领下去看私家专列了。法国侍女看到大队的“入侵者”时尖叫了起来，哈维一言不发地给他们展示“康士坦茨”号的荣耀。同样，他们也什么都没说——印花皮革，纯银门把手和扶手，裁剪精美的天鹅绒，厚玻璃，镍的、铜的、熟铁的装饰以及内陆的稀有木材。

“我告诉过你，”哈维说，“我告诉过你。”这是哈维最有力的报复了，事实足够说明一切。

切尼太太下令为众人设晚宴。为了长腿杰克以后能在寄宿房间里完整地讲述这个故事，切尼太太还亲自在房间招待了他们。这些人习惯了坐在小桌前，听着在耳畔咆哮的海风吃饭，非常规矩，也特别干净。然而，切尼太太却并不知情，只是觉得奇怪。她想让曼纽尔做管家，因为当他使用这些易碎的玻璃器皿和精美银器时，没有发出一点声音，显得泰然自若。汤姆·普拉特想起了在“旧俄亥俄”号上的辉煌时期，以及外国君主和官员们一起进餐时的礼节；长腿杰克是爱尔兰人，谈天说地时能让大家轻松自如。

“我们在此”号的船舱里，两位父亲抽着雪茄，暗自思忖着对方。切尼非常了解如何面对一个用钱无法打动的人；同样，他明白迪斯科所做的一切是用金钱买不到的。他并没有透露自己的计划，只等恰当的时机出现。

“我对您儿子也没做什么，或者说只是让他干了点活儿，教他怎么使用六分仪，”迪斯科说，“他在数字方面的天赋比我儿子强多了。”

“顺便问一句，”切尼若无其事地说，“你对你儿子有什么打算？”

迪斯科取下雪茄，在船舱里挥舞了一圈。“丹只是个普通孩子，他用不着我为他考虑太多。等我退休了，他就可以管理这艘小船。他现在也不急着放弃这门儿生意。我知道。”

“嗯！去过西部吗？特鲁普先生？”

“坐着一艘小船去过纽约一次。我没坐过火车。丹也没有。对于特鲁普家的人来说，走海路最合适。我去过很多地方——都是顺道去的，当然了。”

“我可以让他学到所有可能用到的海上技能——直到他成为船长。”

“怎么可能？我以为您只是仁慈的铁路大王。哈维告诉我的，那会儿——我判断失误。”

“我们都会犯错。我想，也许你可能知道我有一艘茶船线路——从圣弗朗西斯科到日本横滨——其中6艘是铁铸的，每艘大约1780吨重。”

“都怪这孩子！他从没说过。我倒是更愿意听到这些，而不是那些铁路、小马车的事儿。”

“他不知道。”

“我估计这种事儿他压根儿不会放心上。”

“不过，我只买了——布鲁·M船运公司——摩根和麦奎德的旧航线——这个夏天。”

迪斯科坐在壁炉旁，瘫倒在座位上。

“全能的恺撒大帝！我怀疑自己从头到尾都被搞晕了。怎么回事，菲尔·埃尔哈特离开6年——不，7年了——现在，他是‘圣何塞’的大副——每次出海26天。他的妹妹还在这儿，而且她还给我老婆读了他的信。布鲁·M船运公司是你的？”

切尼点点头。

“要是早知道，我早就不顾一切把船开回来了，我敢这么说。”

“那样的话，对哈维来说也许没这么好。”

“要是我早知道的话，要是他能提到那些可恶的茶船，我就能早点明白！我再也不会坚持自己的判断了——绝不会。那些都是设备完善的班轮。菲尔·埃尔哈特说的。”

“很高兴能听到这些评价。埃尔哈特现在是‘圣何塞’的船长，我想知道的是，你会不会让丹跟我一两年，我们看看到底能不能把他培养成大副。你放心把他托付给埃尔哈特吗？”

“带一个野小子是在冒险——”

“我明白，你为我做了很多。”

“那不一样。现在，你瞧。我没有专门推荐丹，不是因为他是我的亲生儿子。我知道，大浅滩并不能让他成为船长，但是他还可以学。他会掌舵——要我说，没哪个孩子能比得上他——至于其他的，我们特鲁普家的人天生就能学会；不过，我希望他在航海方面不要表现得太差。”

“埃尔哈特会照顾他的。他可以先像小孩子一样跟着航行一两次，然后再学着做得更好。假如这个冬天你带着他，那我明年开春就来接他，我知道，太平洋离得很远——”

“哼！我们特鲁普家的人，是生是死，都在大海上绕着地球转。”

“但是，我想让你明白——我的意思是——任何时候你想见到他，告诉我，我都会为你安排交通，而且不会花你一分钱。”

“要是你有空和我走走，我想让你去我家一趟，和我老婆说说这件事。我已经判断失误了，那么严重，好像现在我已经分不清什么对错了。”

于是，他们一起来到特鲁普家。这是一座价值1800美元的白房子，刷了蓝色的边。前面的院子里有一艘废弃的平底船，种满了旱金莲。挂了百叶窗的客厅里展示着各种纪念品，都是出海带回来的。一个身材高大的妇女坐在那里，一言不发，神情肃穆。由于常年瞭望出海的亲人，她的眼睛变得灰暗而模糊。切尼向她说明来意，她疲惫地做了回应。

"切尼先生，在格洛斯特，一年会有一百个人死在海上，"她说，"一百个孩子和男人。我痛恨大海，就算它能听见我们说话，我也会说恨透了它。上帝从来没有为人类准备好停泊的地方。你的那些船出海，我想，然后还能直接开回家吗？"

"风向允许的话，他们不会耽搁。要是他们能按计划回来，我还会给他们发奖金。茶叶在海上不能耽搁。"

"他小的时候，经常玩儿开商店的游戏，我盼着他真能朝这个方向发展。但是，很快，他就学会摆弄平底船了，我知道他不会让我如愿了。"

"这些船都是横帆船，太太，都是铁铸的而且很结实。还记得菲尔的妹妹拿到信后给你念的那些吧。"

"我知道菲尔从来不会撒谎，但是他太爱冒险（海上的人大都是这样），要是丹觉得合适，切尼先生，就让他去吧——不用管我。"

"她只是讨厌大海，"迪斯科解释道，"而且，我——我不知道怎么能表现得更礼貌些，我想，或者说我只能谢谢你。"

"我的父亲——我的哥哥——两个侄子——还有我二妹的男人，"丹的妈妈用手抱住头，说，"我怎么能不管这些呢？"

丹回来了，欣然同意，那股高兴劲儿简直无法用语言来表达。切尼先生这才松了一口气。的确，这个提议意味着一条通往理想的平坦可靠的道路。然而，丹想到的却是在广阔的甲板上进行巡逻，瞭望遥远的海港。

切尼太太和不善言辞的曼纽尔私下聊起哈维被救一事。他似乎对金钱并不感兴趣。逼急了，他说他要五美元，因为他想给一个女孩买点东西。要不然——“我有饭吃，有烟抽，来钱这么容易，我要钱干吗？我喜不喜欢你都要给吗？额，那啥？你应该给我钱，但不是这种方式。你能想到多少就给多少。”他把切尼太太介绍给一位不讨人喜欢的葡萄牙牧师，他有一份长长的名单，这份名单和他的教士服一样长，上面都是生活贫困的寡妇的名字。作为严格意义上的一神论[1]教派信徒，切尼太太从教义上无法对他们表示同情，但最后她还是对这位棕色皮肤、滔滔不绝的小个子男人表达了敬意。

曼纽尔是忠诚的教会之子，为切尼太太的善举进行了祈祷。“我终于解脱了，”他说，“6个月以来的忏悔得到了救赎。”然后，他就去逛街了，买了条手帕送给了现任女友，这可让其他人伤透了心。

索尔特和宾去了西部度假，没有留下任何地址。他担心这些有钱人开着毫无用处的私家车，会让他的同伴产生不合适的兴趣。去内陆走亲访友是个不错的选择，等到岸上清静了再回来。“宾，你可千万不能被有钱人领走，”他坐在火车上说，“否则，我会用棋盘砸烂你的脑袋。你要是再忘了自己的名字——你叫普拉特——你和索尔特·特鲁普是一起的，或者你就待在原地等我来找你。千万别跟在那些人后面乱跑，《圣经》上说他们胖得眼珠子都蹦出来了。”

[1] 一神论，信奉上帝是唯一的，可以取代传统基督教三位一体的学说。

第十章

Chapter Ten

但是，“我们在此”号上那位安静的的厨子却是特例。因为他用一块布包着他的工具，登上了“康士坦茨”号。他并不看重薪酬，对睡觉的地方更是毫不在意。他的事业，正如梦境中所示，是要在后半生的日子里一直追随哈维。大家和他进行了一番争论，后来也被他说服了。然而，布雷顿角的黑人和亚拉巴马州的两个黑人却持不同的意见。于是，原来的搬运工和厨子把这件事告到了切尼那里。这位百万富翁对此一笑了之。他认为哈维也许有一天会需要一位贴身仆人，这位毛遂自荐者肯定抵得上 5 个佣工。因此，他留下了厨子。不管他说自己是麦克·唐纳，还是用盖尔语骂人，这些都不重要。车子将驶回波士顿，到时候如果他还没有改变主意，他们就会带他到西部。

离开“康士坦茨”号，切尼充满活力，到处闲逛，因为他打心眼里讨厌“百万富翁”身份的束缚。格洛斯特是一座建在新土地上的新城，他打算要将其“收入囊中”。像往常一样，他每到一座城市，从斯诺霍米什到圣地亚哥，都留下了他的印记。人们沿蜿蜒的街道做生意赚钱，一半是港口，一半是船舶商店。作为生意场上的领军人物，他想了解一下这里的生意经。有人说，新英格兰的周日早餐里，百分之八十的鱼丸来自格洛斯特，并且还列出了数据来给他做强有力的证明——船只数量，渔具，港口码头，投资金额，腌制，打包，工厂，保险，工资，修理以及利润。他和大型船队的老板们聊天，船主人数比员工人数稍多一些，船员大部分是瑞典和葡萄牙人。然后，他又和迪斯科商量，迪斯科是为数不多的拥有自己的船的船长。最后，他还要自己在心里比较一番。他来到海运旧货商店，满怀无法满足的西方人的好奇，兴高采烈地问这问那，直到滨海地区的人们都在纳闷："这个男人到底想干吗？"他又去了互助保险站，要求解释每天记在黑板上的那些神秘的语句；于是，在这个不大的城镇，渔民遗孀和孤儿救助组织的书记员们都来找他。他们丝毫不觉羞愧地来讨要，都想打败其他救济会的记录，切尼摸着他的胡子，把这些事情都交由切尼太太处理。

切尼太太在离东海角不远的公寓下榻——这里很特别，显然是由住宿者自行管理的，桌布上都是棋盘一样的红白格子图案，这里的人们好像老朋友一样亲密。半夜饿了的话，还可以起床去做威尔士的奶酪面包。在这里居住的第二天早晨，切尼太太在早饭前摘下了钻石首饰。

"他们都很讨人喜欢，"她向丈夫吐露，"而且很友好，很简单，虽然他们几乎都是波士顿人。"

“那不是简单，孩子他妈，”切尼先生一边说，一边朝苹果树后面的巨石望去，那里挂着吊床，“那是另外的东西，我们——我们还没有。”

“不是啊，”切尼太太平静地说，“那儿的妇女们没有一件上了100美元的裙子。为什么，我们——”

“亲爱的，我知道，我们有——我们当然有。我想这只是东部人的穿着方式。你玩儿得高兴吗？”

“我总是见不到哈维；他老是跟着你；不过我没有以前那么担心了。”

“自打韦力离开后，我从来没有这么高兴过，在这之前，我从来没有真正地理解我有个儿子。哈维会成为好孩子的。亲爱的，需要我为你拿什么吗？要不要枕个垫子？哦，我们再去码头转转吧。”

这几天，哈维一直追随爸爸，两人并肩而行。切尼以上了年纪为借口，把手臂搭在儿子宽阔的肩膀上。这时，哈维才注意到，自己从没有想过——在父亲的内心深处，对新鲜事物的神奇感知力竟然来源于市井街头——不由得佩服起来。

“你什么都不说，是怎么让他们把一切告诉你的？”当他们来到放置索具的阁楼时，儿子问道。

“我这辈子和许多人打过交道，哈维，我觉得大致能认清他们，我也了解自己。”然后，切尼先生停顿了一会儿。他们在码头边坐下来，“如果一个人能自己处理好自己的事情，别人就会看出来，然后他们就会把你当自己人。”

“就跟我在乌尔曼码头受到的待遇一样。我现在也是他们中的一份子了。迪斯科告诉所有人我是自己挣工钱的。”哈维伸出双手，摩擦着手掌，闷闷不乐地说：“它们又变柔软了。”

“念书这几年就这样吧，毕业后可以再让它们坚硬起来。”

“是啊，但愿如此。”哈维回答道，但听起来一点都不开心。

“哈维，一切都由你自己决定。当然，你还可以躲在你妈身后，成天发牢骚，让你妈为你的紧张和暴躁之类的事情担心。”

哈维不安地问：“我以前是这样吗？”

父亲转过身，伸出手。“你和我一样清楚。如果你想跟我对着干，我是没办法把你培养成才的。要是你一个人的话，我还可以管好。但是，你和你妈妈一起对付我的时候，我是假装不了自己有这个能力的。不管怎么说，生命太短暂。”

“那样，我就永远长不大，对吧？”

“我想，这是我的不对。但是。你想听真话的话，到目前为止，你还没有。现在，明白吗？”

“嗯！迪斯科觉得……比如说，你能不能想起从我出生——从头到尾，所有的花费？”

切尼笑了。‘我从来没记过，不过，我大体估计一下，四五万美元吧，也许是六万，年轻一代很费钱，他们要买东西，他们还觉得不新鲜，总是父母掏腰包。”

哈维打了一声口哨，但想到父亲花了这么多钱，还是挺高兴。“都打水漂了，是吧？”

“投资，哈维。我希望这是投资。”

“就按 3 万算吧，我挣的 30 美元只是千分之一。可怜的投资和回报啊。”哈维郑重其事地摇摇头。

切尼哈哈大笑起来，差点从桥架上翻下来掉进水里。

“丹从十岁起，迪斯科就开始让丹挣钱了。丹也上过半年学。”

“哦，你也要学他？”

“不，我谁也不学。我现在还养活不了自己——就这么回事……我应该滚蛋。”

“老朋友，我不会那么做的，或者，要是我也是被踢出来的话，我想我也会那么做。”

“那样，我会记你一辈子——永远都不会原谅你。”哈维的下巴支撑在两只摞起的拳头上，说道。

“绝对是。你明白了吗？这就是我要做的。”

“明白了，都是我的错，和别人没关系。说来说去都一样，我总该做些什么。”

切尼从背心口袋里掏出一根雪茄，咬掉雪茄头，开始抽起来。父子俩长得如此相像；胡子遮住了切尼的嘴巴，哈维和父亲的鼻子都稍微带点鹰钩，眼睛挨得非常近，高高瘦瘦的颧骨。如果再抹点褐色的油漆，活脱脱就像故事书里画的红色印第安人一样。

“现在，你还可以继续。”切尼缓缓地说，“一年花我 6000 到 8000，直到你成年。那时，我们就可以称你为男人了。你可以一直这样下去，一年花掉四五万，除了你妈妈给你的以外。你还可以有自己的游艇或者花哨的牧场，你可以假装饲养一些活蹦乱跳的家畜，还可以和你的朋友们一起打牌。”

“就像拉里·塔克一样？”哈维插嘴道。

“对，或者像德维特家那两个男孩或者老奎麦德的儿子一样。在加利福尼亚，这样的人很多，咱们说话这会儿东部的少爷就来了。”

一艘光闪闪的黑色蒸汽船开进了港口。船上有红木甲板，镍板罗盘箱，粉白色条纹的遮阳篷，纽约某家俱乐部的旗子迎风飘扬。两个年轻男子穿着他们自认为是航海服的衣服，正在天窗下打牌；两个姑娘撑着红色和蓝色的阳伞一边看一边大声笑着。

游艇放慢了行驶速度，拉起锚链上的浮标。哈维挑剔地说：“不管有没有风，我都不会待在这种船上。连横梁都没有。”

“他们玩得很开心。我可以让你也拥有，可以是他们的两倍，哈维。你觉得怎么样？”

“我的天哪！旁边不能再放小游艇了，怎么可以！”哈维一边说，一边仍旧注视着那艘游艇。“要是我放索具还不如他们的话，那我就待在岸上……要是我不喜欢呢？”

“不愿意待在岸上——或者什么？”

“游艇，农场，还有啃老。还有，遇到麻烦就躲在妈妈身后，”哈维眨巴着眼睛回答。

“哦，那样的话，你就跟着我干吧，儿子。”

“一个月10美元？”哈维两眼放光。

“一分钱不多给，等到你有资格了再谈。攒起来，几年内都不能动它们。”

“那我最好马上就去打扫办公室——成大事都是这么起步的——从现在做起，总比——”

“我知道；我们都以为是这么开始的。不过，我想打扫卫生的人到处都有，要多少有多少。我自己刚开始时也是犯了这样的错误。”

“3000 万美元的错误，对吗？我也会冒这样的险。”

“我会告诉你的，我失去了，也得到了。”

切尼望着平静的海面，摸着胡子笑了。这番话后，哈维才明白父亲是在讲他的人生。他的语调舒缓而平静，没有手势，没有表情；这段历史是十几家主流杂志乐于重金购买的——这 40 年的故事其实是新西部的历史，而且是还没有被书写的历史。

故事的开头，有一个举目无亲的小男孩。他在得克萨斯到处流浪，经历了无数变化无常、令人难以置信的遭遇。故事的场景在各州辗转。一个月内出现的城市或许在三个月后便会销声匿迹。曾经遇险的野外营地或许已经被开拓为大都市。有时，三条铁路已经竣工，但第四条却遭到了蓄意破坏。故事里有蒸汽机，有小镇、森林、矿山，来自世界各国的人们在这里努力工作，创造生活，发掘财富。巨额财富恍如云烟从眼前飘过，有时又仅仅会因为时间和行程而错过。有时，他在马背上，大多数时候他徒步而行，时而富有，时而贫困，出出进进，来来回回，当过水手，开过火车，做过承包商、公寓管理员、记者、工程师、鼓手、房地产经纪人、政客。他也赖过账，卖过酒，开过矿，投机倒把的生意没少做。他放过牛，也曾到处流浪，疯狂转变着的角色触动了小哈维·切尼，他认真而安静地听着，思考自己的最终理想。正如他所说，他要追求整个国家的荣耀和进步。

切尼说他的信仰从来没有舍弃他，即便是在濒临绝望时——这种信仰来自他对人对事的深入了解。他详细讲述了自己一生的勇气和经历，好像在自言自语。在他心中，这一切如此清晰熟悉，以至从没有改变语调。他回忆了自己如何攻击对手，又如何原谅他们，如同他们在那些漂泊的岁月里对他那样；他曾为了长久的利益，对全镇人、各公司以及各财团百般恳求，巧言利诱，威逼恐吓；他也曾翻山越岭，身后留下一条条蜿蜒盘旋的铁轨。最终，他高高在上，无人能撼动他的地位，只剩鱼龙混杂的人们传扬着关于他的零星琐碎的故事。

听着爸爸的故事，哈维凝神屏息。他的头微微倾斜，目光一直没有离开父亲的脸。天色渐渐暗下来，雪茄发出的红光照在布满皱纹的脸颊和凝重的双眉上。哈维仿佛看到一列火车，在城市的暗夜里呼啸而过——每隔一英里，炉门便会闪闪发光：然而，这列火车会说话，每句话都震颤激荡着男孩，直达心灵深处。最后，切尼扔掉烟蒂，父子俩坐在夜色里，身边是海水。

"我以前从没和别人说过这些。"父亲说。

哈维大喘了一口气，说："这些真是前所未有的伟大经历。"

"这是我所得到的。现在，我要告诉你我失去了什么。对你来说，这些没什么太大用处，但是我不想让你等到像我一样老的时候才明白。当然，我善于和人们打交道，而且我有自己的原则，不会受人愚弄，但是——但是——我比不过那些受过教育的人！虽然我一直在边走边弥补，但是我想缺陷还是很明显的。”

“我从没觉得！”儿子愤愤不平地说。

“但是，你会发现的。哈维。你会的——一旦从大学毕业你就会发现。难道我不明白吗？难道我看不出他们脸上的表情？他们觉得我是个‘粗人’，在其他地方都这么叫我。我可以把他们彻底打败——是的——可是不能报复他们，不能像他们一样直击要害。我不是说他们有多高高在上，也不是说我自己有多差劲。现在，机会摆在你面前，你需要吸收所学。你将和一群志同道合的人生活在一起。他们的目的也许是为了以后每年至多能挣到几千美元。但是，你要记住，你的目标是几百万美元。你将学习法律，以便当我不在时，你能更好地保护自己的财产。你要和市场上最优秀的人坚定地站在一起（他们以后会有用的）。首先，你要把那些平庸普通的想法扔掉，不要托着腮帮子死读书。哈维，没有什么能比读书的回报更丰厚。在我们国家，学习越来越受到重视——生意和政治上都需要。你看着吧。”

“这桩买卖到最后我也看不到有什么甜头，”哈维说，“大学四年！我希望我选择的是男仆和游艇！”

“没关系，儿子，”切尼坚持道，“你现在的投资在将来必定会给你带来最大的回报，我想，等你接管生意后，你会发现我们的资产不会有任何缩水，再考虑考虑，明天早晨给我答复。快点！晚饭要迟到了！”

因为这是一场生意对话，所以哈维觉得没必要让妈妈知道；切尼自然也持同样的看法。不过，切尼太太看见后有些担心，还有点嫉妒。她的儿子，那个曾经顶撞她的孩子不见了，取而代之的是一个热切的年轻人，出奇地安静，大部分谈话都是和爸爸之间的。她明白他们在谈生意，所以不在她的管辖范围内。如果她有任何疑惑，只要切尼从波士顿回来时，给她带回一枚新的卵形钻戒就释然了。

灯光下，切尼太太转动手指上的戒指，微笑着问："你俩一直在干吗呢？"

"聊天——只是聊天。老婆，聊的都和哈维没啥关系。"

可事实并非如此。那个孩子出于自己的考虑提出了条件。他很严肃地解释说，对他而言，铁路，就像木材，房地产或者采矿一样，不具任何吸引力。在他的内心，最渴望的是掌管父亲新购买的大帆船。如果父亲能在认为恰当的时间里答应他这件事情，他这方面保证能在四五年的大学时间里，做到勤奋和节制。放假时，他要全面地接触并且了解航线，他的问题不会超过两千个，但是内容会涉及他父亲保险柜里最私密的文件，以及圣弗朗西斯科港口的拖船。

"成交，"切尼最后说，"当然，大学毕业之前，你可以几十次地改变想法。但是，如果你想体面地接管它，而且如果你在23岁之前还没有改变主意的话，我就会将它移交给你。你觉得怎么样，哈维？"

"没问题；做任何事情都不要半途而废。不管怎样，当今世界竞争太多。迪斯科说过，亲人就应该团结在一起，他的船员从来不会背叛他。他说，这就是他们能捕到很多鱼的原因之一。听说，‘我们在此’号星期一要去乔治斯。他们在岸上待不了多久，是吧？”

“嗯，我想，我们也该走了。我把生意扔在那里不管，自己在两大洋之间跑来跑去，杂乱无章。现在该是重新整理起来的时候了，虽然我不喜欢这么做。20年来，我从没有像现在一样享受过假期。”

“我们不能就这么离开，我要去送迪斯科。”哈维说，“星期一是纪念日，无论如何，过了星期一再走。”

“纪念日是怎么回事？公寓里的人们都在说这件事。”切尼情绪低落地问。他也并不急于破坏美好的假期。

“哦，据我理解，这是一种歌舞表演，为夏天的租客而举办。迪斯科不太赞成这种活动，因为专门给寡妇和孤儿募捐的钱会被花掉。迪斯科总有独到的见解，你发现了吗？”

“哦，——是的。有点儿。在某些方面。那这么说这是镇上的表演活动了？”

“这是夏季的集会。他们会宣布一些溺水者或失踪人员的名单，然后有人会发表演说，背诵赞美诗，大概就这些。迪斯科说，接下来救助委员会的那些负责人就会跑去后院，争取捐款。他说真正的表演在春季。那时候，所有的神职人员都会参与进来，没有一个夏天的租客。”

“我明白了，”切尼说。他非常理解自小生长在城市里的人对城市活动的自豪，“我们会待到纪念日，然后下午再走。”

“我估计我得下去找迪斯科他们了，让他在出海前带着船员们集合。当然，我得和他们待在一起。”

“哦，是这么回事。”切尼说，“我只是个可怜的夏天的租客，而你是——”

“大浅滩的渔民——地地道道的大浅滩的渔民。”哈维一边登上一辆有轨电车，一边回头说。切尼依旧沉浸在对未来的幸福憧憬中。

迪斯科并不喜欢任何旨在慈善募捐的社交活动，但是哈维恳请说，按他的理解，如果“我们在此”号的成员在当天不出现的话，他们的荣誉就会受到损失。于是，迪斯科做出了让步。他听说过——令人奇怪的是，全世界的人竟然都知道海上发生的事情——他听说一个“费城女演员”要来参加这次活动；他怀疑这个女人会朗诵《艾尔森船长的航行》。就他个人而言，他不喜欢女演员，同样也不喜欢夏天的租客。不过，公道归公道，尽管他自己（丹一想到这个事儿就会咯咯地笑）曾经栽到自己的判断上了，但这次绝对不会重蹈覆辙。哈维回到东格洛斯特，花半天时间向这位女演员解释了事件的本质，她本来觉得这件事很好笑。女演员在东西两海域都享有很高的声誉，她考虑了很久后，终于还了事实一个公道，就像迪斯科曾说过的那样。

凭以往的经验，切尼知道纪念日会发生什么事情。然而，任何公共集会的本质对人类灵魂而言，无非是吃喝而已。那天的早晨雾蒙蒙的，天气还有些闷热。切尼望着一辆辆电车向西疾驰而去，车上坐满了身着夏季薄裙的妇女、戴草帽的白人男人，他们刚刚从波士顿下班回来。邮局外停放着自行车，奔波忙碌的职员们互相打招呼；胜利的彩旗在沉闷的空气里缓缓摇摆；一个神气活现的男人手持冲水管正在冲洗砖砌的人行道。

“太太，”他突然说，“你还记得——西雅图被烧毁[1]后——人们重建的景象吗？”

切尼太太点点头，挑剔地望着川流不息的街道。和丈夫一样，她也熟悉西部这些聚会，也一一做了比较。渔民渐渐混入人流，涌向市政大厅的门口——长着忧郁的双下巴的葡萄牙人，有的没有戴帽子，有的用披肩遮挡；眼睛清澈的新斯科舍人，沿海各省份的男人们；法国人，意大利人，瑞典人，丹麦人，还有从纵帆船上下来的船员们；到处都是一袭黑衣的妇女们，哀伤中流露出骄傲，她们互相致意，因为今天是她们的重要时刻。信奉不同教义的牧师——高级宗教圣会的牧师们平日忙于监督指导，现在正坐在海边休息；山上教堂的牧师和路德教会长满络腮胡的前水手，跟来自20艘船的船员们相识已久。还有一些纵帆船的主人，救助会的主要资助人，还有一些小人物，他们仅有的技术也都挂在了桅杆上，还有银行家，海事保险代理员，拖船和给水船的船长，装配工，修理工，装卸工，盐商，造船工，修桶匠，以及沿海的各类居民。

他们穿梭在一排排的座椅间，以嘲弄夏季租客们的服饰为乐。一位市政官员汗流浃背地在巡逻，直到他把纯粹的市民自豪感到处撒播完为止。切尼几天前只和他聊过5分钟，而现在两人

[1] 西雅图被烧毁，1889年，西雅图遭遇大火，很多房屋建筑被毁。

似乎早已成了老相识。

“哦，切尼先生。您觉得我们的城市怎么样呢？——是的，太太，您可以随便坐哪里，只要您高兴。——我猜，在西部也有这样的活动吧？”

“是的，不过我们那里没有这里的历史悠久。”

“当然，是这样的。我们在庆祝二百五十周年的时候，您真应该在场的。我跟您说，切尼先生，这座古老的城市确实不负盛名啊！”

“我听说过。它也确实值得庆祝。但是，为什么这座城市没有一家高档酒店呢？”

“——就在那儿，往左拐，佩德罗，那里有很多房间，您和您的朋友可以入住。哎呀，这是我一直跟他们强调的，切尼先生。虽然那儿投资了不少，但我想对您来说没什么。我们想要的是——”

一只手重重地搭在了他穿着高级呢绒外套的肩膀上，这是一位红脸的波特兰船长，主要负责运输冰和煤。他转过身，说：“你们到底在搞什么？你们在城里拍拍手就通过了法令，让正派的人们在海上这么辛苦？城里太干燥了，像骨头一样干巴巴的，比我上次来的时候还要没意思。不管怎么说，都得给我们腾个地方喝口饮料啊。”

“好像今天也没影响你吸收营养吧，卡尔森。稍后我会把它提上政治议程。在门口坐会儿，想好你要说的，我一会儿回来找你。”

"说那些对我来说有什么好处？在密克隆，一箱香槟酒 18 美元"，管风琴前奏响起时，这位船长突然落座，安静下来。

"这是我们的新乐队。"官员自豪地对切尼说。

"花了 4000 美元。我们明年得提高收费许可，才能雇得起。我不打算让牧师在大会上宣传所有的宗教教义。我们的一部分孤儿要站起来唱了。我妻子教孩子们。一会儿见，切尼先生。我得上台了。"

童声真真切切地响起来，高亢而清脆，喧闹的人群终于安静下来。

"噢，上帝创造了你们，上帝保佑你们！永远赞美上帝，永远礼拜！"

空气中回荡着重复的旋律，大厅里的妇女们身子向前倾。切尼太太和其他人一起开始呼吸急促起来，她无法想象世界上竟然有这么多寡妇；然后她本能地想找哈维。哈维在观众后面找到了"我们在此"号的同伴，他正站在丹和迪斯科中间。前天晚上，索尔特叔叔带着宾从帕姆利科湾赶回来了，他对哈维还是充满了疑虑。

"你们还没走？"他嘟囔道，"小鬼，你在这儿干吗？"

"噢，大海和洪水，上帝保佑你们！永远赞美上帝，永远礼拜！"

"有什么不对吗？"丹说，"他在这里，和我们大家一样。"

"可他穿的衣服和别人不一样。"索尔特龇牙咧嘴地低声吼道。

"闭上你的嘴，索尔特。"迪斯科说，"你的脾气又不听话了。

哈维，就待在这儿。”

接着，市政当局的另一位重要人物登上讲台开始发言，欢迎世界各地的人们来格洛斯特。然后，他很随意地指出格洛斯特优于世界上任何地方。这里拥有丰富的海洋资源，提到为了每年的丰收，多少人付出了代价。稍后，他又宣布过一会儿会宣读死亡人员的名单——一共 117 人（寡妇们屏息凝视，然后相互看着对方）。格洛斯特没有多少家制造厂或工厂可以宣扬。她的子民们靠大海为生，众所周知，乔治斯和大浅滩都不是牧场。岸上的人们能做的最大努力便是帮助那些孤儿寡母。一番简要介绍之后，他代表全市感谢所有富有公益精神的人们来参加这次募捐活动。

“我只是瞧不起这个乞讨环节，”迪斯科怒气冲冲地低声说，“这样就很难让民众对我们有公正的看法了。”

“要是他们对将来没有预见，不懂得存钱，”索尔特接着说，“按照事物发展的规律来说，他们总有一天会后悔莫及。小鬼，你得到警示了吗？财富只能维持一段时间，如果你到处挥霍——”

“只会失去一切，一切，”宾说，“那时你该怎么办？我曾经——”他那双水汪汪的蓝色眼睛上下看了看，好像在寻找什么依托——“我曾经读过——我想，是一本书里——一艘船上所有人都淹死了——只剩一个——他对我说——”

“闭嘴！”索尔特打断他的话，“你没念过多少书，瞎想太多没用。还是想想怎么养活自己吧，宾。”

哈维挤在渔民中，只觉得后背一阵毛骨悚然的寒冷，从脖子一直蔓延到靴子，感到深入骨髓的可怕。虽然这是闷热到窒息的一天，但他还是觉得寒冷刺骨。

“那个就是费城的女演员？”迪斯科·特鲁普怒气冲冲地看着台上说，“哈维，你确定她要讲老艾尔森的故事？哈维，处理好了吗？你现在知道她要讲什么吗？”

女演员讲的并不是《艾尔森船长的航行》，而是一首诗歌，内容是关于布里克瑟姆鱼港和一支拖网渔船船队深夜遭遇暴风雨袭击的，女人们在码头点燃指路的篝火，尽可能地帮助他们。

“她们拿走了老奶奶的毛毯
老人颤巍巍地命她们快走
她们拎起宝贝的摇篮
宝贝们绝不拒绝她们”

“哎呦！”丹从长腿杰克的肩膀上望过去，“不错啊！但是肯定花了不少钱。”

“土拨鼠要出洞了，”戈尔韦人说，“丹，港口光线不亮。”

“她们并不知道
燃起的是指路的篝火
还是葬礼的火焰”

这个声音极富感染力，拨动了所有人的心弦。当她讲到浑身湿透的船员们被海潮推到岸上，无论是死是活，都被抬到火堆旁，问道："孩子，这是你的爸爸吗？"或者"太太，这是你的男人吗？"长椅上，人们的呼吸变得凝重起来。

"布里克瑟姆船
迎风破浪
行驶的爱
如同闪电划过风帆"

女演员结束演讲时，台下几乎没有掌声。妇女们在找手帕，一些男人两眼泪光闪烁，望着天花板。

"嗯，"索尔特说，"去别的剧院听这节目得花1美元——有可能两美元。我估计有些人能掏得起钱。对我来说，纯粹白花钱……天哪，巴特·爱德华船长，到底是什么风把他刮到台上了？"

"千万别小看他，"身后一个东港的男人说，"他是诗人，他要读他的作品。也是我们这行的。"

他并没有说巴特·爱德华船长已经努力了5年，就为能在格洛斯特的纪念日上朗诵自己的一首诗。最终，委员会被他磨得精疲力尽，又觉得好笑，于是就满足了他的要求。当他身着礼拜日的盛装站起来时，还没等他开口，老人简单而单纯的幸福就为他赢得了观众的喜欢。他们静静地聆听着37行经过锤炼的文字，大篇幅地描述了纵帆船"约翰·哈斯肯"号在1867年的风暴中遇难的故事。当他结束演讲时，观众席里爆发出热情的欢呼声。

一位有远见的记者悄悄溜到巴特船长身边，向他索取这首诗的复印本，并且对作者进行了采访。于是，巴特船长，这位曾经的捕鲸者、造船工、捕鱼高手、诗人，在他73岁的时候，得到了世界给予他的一切，再无他求。

“瞧，我觉得这样才合理。”东港的人说，“我曾经去过他刚才那首诗里写到的地方，我双手捧着他的诗，我可以证明他把一切都写进去了。”

“我们的丹一顿早饭的功夫就能随便写出这样的诗来，要不然的话你就揍他。”索尔特向来的原则是推崇马萨诸塞州的荣耀。“但我觉得他说得有点啰唆——缅因州那部分。还有——”

“我猜，索尔特叔叔这次出海要完蛋了。他从来没那么痛快地夸过我，”丹咯咯地笑着说，“哈维，你怎么啦？这么安静。看起来脸色发绿，病了吗？”

“我也不知道自己怎么回事，”哈维回答，“我的肚子胀得像要撑破一样，全身发胀，直打哆嗦。”

“病了？哦——太倒霉了。等活动结束，我们就走。”

这些寡妇——她们几乎是在一个捕鱼季里就成了寡妇——强打精神，好像奔赴刑场一样，因为她们知道未来会发生什么。夏季租客中的女孩们身穿粉色和蓝色的衬衫式连衣裙，不再吃吃地嘲笑爱德华船长伟大的诗歌，转过头张望，不明白为什么会场突然安静了下来。刚才同切尼先生谈话的市政官员站上讲台，渔民们奋力往前靠。他开始宣读今年丧生人员的名单，名单是按月分组的。去年九月的死亡人员大部分都是单身的或者是外地人，他的声音在寂静的大厅里显得格外响亮。

“9 月 9 日——纵帆船‘弗洛丽 · 安德森’号在乔治斯沉没，全体人员失踪。

鲁本 · 匹特曼，船长，50 岁，单身，住在本市主街。

埃米尔 · 奥尔森，19 岁，单身，住在本市哈蒙德街 329 号，丹麦人。

奥斯卡 · 斯坦伯格，25 岁，单身，瑞典人。

卡尔 · 斯坦伯格，28 岁，单身，住在本市主街。

佩德罗，据称是马德拉群岛人，单身，住在本市的基恩公寓

约瑟夫 · 威尔士，又名约瑟夫 · 怀特，30 岁，纽芬兰圣约翰斯人”。

“不对——缅因州的奥古斯丁人。”大厅里传出一个声音。

“他从圣约翰斯出发。”发言人一边回应，一边搜寻说话人。

“我知道。他是奥古斯丁的，是我侄子。”

发言人用铅笔在旁边的空白处做了纠正，然后继续往下读。

“同一艘纵帆船，查理 · 里奇，新斯科舍省利物浦人，33 岁，单身。

奥尔波特 · 梅，住在本市罗格斯大街 267 号，27 岁，单身。

9 月 27 日——奥尔温 · 多拉德，30 岁，已婚，在东港从平底船落水溺亡。”

这句话直击要害。有个寡妇在座位上蜷缩起来，紧握双手，又打开。切尼太太一直瞪大眼睛在听，突然觉得难受，几乎无法

呼吸。丹的妈妈在她右边隔着几个座位的地方，看到后迅速赶到她身边。发言人还在继续。当念到一、二月的死亡名单时，枪林弹雨的射击更加密集，寡妇们只剩下喘息的工夫了。

“2 月 14 日——纵帆船‘哈利 · 伦道夫’号，在从纽芬兰回家的路上，桅杆折断；阿萨 · 缪斯，已婚，32 岁，掉下船，失踪。

2 月 23 日——纵帆船‘吉尔伯特 · 霍普’号，迷失方向，罗伯特 · 比文，29 岁，已婚，新斯科舍帕布尼科人。”

他的妻子就在大厅里。人们听到一阵低低的哭泣声，就像一只小动物被袭击一样。空气突然变得令人窒息，一个女孩跌跌撞撞地跑出大厅。几个月来，她抱着一线希望，因为虽然有人也曾随平底船到处漂，但会奇迹般地被一艘深海大帆船所救。现在，她已经得到了确切的答案。哈维看到人行道上的一名警察为她拦下一辆出租马车。“到车站 50 美分”——司机刚开始说，警察举手示意——“可我正好要去那儿。上车。看这儿，阿尔夫，下次如果我的灯没亮，你就别喊我。明白吗？”

大厅的侧门关上了，一片明媚的阳光也被关在门外。哈维的眼神再次转向发言人和他那份无止境的名单。

“4 月 19 日——‘玛米 · 道格拉斯’号在大浅滩失踪，全体船员生死未卜。

爱德华 · 坎顿，43 岁。船长，已婚，住在本市。

霍金斯，又名威廉姆斯，34 岁，已婚，新斯科舍省谢尔本人。

克雷，混血人，28 岁，已婚，住在本市。”

名单没完没了，永无止境。哈维的喉咙涌起鼓鼓囊囊的一堆，肠胃翻腾起来，这让他想起了从大客轮上掉下来的那天。

“5 月 10 日——纵帆船‘我们在此’号（哈维全身血液沸腾）。奥托·斯文森，20 岁，单身，掉下船失踪。”

大厅的后面，再次传来撕心裂肺的哭声。

“她不应该来，她不应该来。”长腿杰克“啧啧”地表示同情。

“哈维，别推，”丹咕哝着说。哈维倒是听见了，但他只觉得四周一片漆黑，眼冒金星。迪斯科往前凑了凑，对妻子讲了些什么。迪斯科太太坐在那里，一只胳膊抱着切尼太太，另一只胳膊托起她乱晃乱抓的戴着戒指的双手。

“头放低——放低！”她低声说，“一会儿就好了。”

“我不会！做不到！哦，让我——”切尼太太根本不知道自己在说什么。

“你必须做到，”特鲁普太太重复道，“你儿子晕过去了。在他们成长的过程中都会这样。你难道不想照顾他吗？我们可以从这边出去。悄悄地，你只要跟着我就行。嗨，亲爱的，咱们都是女人。我想，我们必须照顾好男人们。来！”

“我们在此”号的人们立刻穿过人群，像保镖一样护送开道，他们把脸色苍白、浑身发抖的哈维抬起来，放到接待室的长椅上。

“让他妈妈来。”特鲁普太太只说了一句，切尼太太弯下腰望着儿子。

“你怎么以为他能承受这些？”她愤怒地向切尼先生吼道，切尼先生哑口无言。“太可怕了——可怕！我们就不该来。这就是个错误，太缺德了！它——它就是个错误！为什么——他们为什么不把这些东西发表在报纸上，那才是登名单的地方。你还好吗，宝贝？”

此刻，哈维觉得非常难为情。“哦，我想，我已经好了，”他一边说，一边挣扎着想站起来，傻傻地笑道，“我肯定是早饭吃什么东西了。”

“咖啡，也许是。”切尼先生硬朗的脸上线条分明，好像青铜刻出来的雕像一样，“我们不会再来了。”

“我想，现在最好去码头吧。”迪斯科说，“那儿到处都是外国人，新鲜空气能让切尼太太振作起来。”

哈维宣布他已经好多了。然而，直到他看见“我们在此”号，看到码头，码头工人的双手，他才好受了些。他的内心十分矛盾，既充满了骄傲，但又夹杂着几分伤感。其他人——夏季租客之类的人——要么在独桅艇上游玩，要么在码头上看海；但是，他从中明白了许多——比他刚开始想的要多。他只想坐在那里，大声哭一场，因为那艘纵帆船即将远去。切尼太太一个劲儿地哭，每走一步都在掉眼泪，并且对特鲁普太太说了一些非常特别的话。而特鲁普太太像哄小孩一样哄着她。从六岁起就再也没有享受过这样待遇的丹吹起了响亮的口哨。

那群老朋友——哈维觉得他们是古老的水手——坐上一艘古老的纵帆船，旁边都是破旧的平底船。哈维溜到码头前端，解开尾缆。船员们驾驶着纵帆船，驶出码头。每个人都有许多话想说，却又什么都没有说。哈维嘱咐丹要照看好索尔特叔叔的靴子、宾的锚，长腿杰克恳请哈维一定要记住教给他的航海技能，然而，由于在场的还有两位女士，这个笑话并不好笑。好朋友即将分别，远隔千山万水，无论如何也高兴不起来。

“升起三角帆和前桅！”迪斯科大喊。风吹向轮舵，迪斯科站在前面。“再见，哈维。不知道该说什么，我会经常想念你和你的家人。”

于是，纵帆船滑向远方，再也听不见彼此的声音了。他们坐在那里，望着纵帆船驶离海港。切尼太太还在低声抽泣。

“别哭了，亲爱的，”特鲁普太太说，“我们都是女人。我想，你哭出来也不会让心里有多好受。上帝知道，我哭也没用，但他知道我还有其他要哭的事情。”

如今，事情已经过去几年了。在美国的另一边，一位年轻人漂洋过海，满身雾气地迎风走在街上，道路两旁到处是木制仿砖砌成的豪华房子。他在一扇大铁门前停下来，另一个年轻人骑在马背上——这匹马至少值1000美元——迎面而来。接下来是他们的对话：

“你好，丹！”

“你好，哈维！”

“有什么好事儿吗？”

“哦，这趟行程我干的是二副一样的鬼差事。你差不多也快完成那三重奏一样的大学生活了吧？”

“差不多。我跟你说，利兰·斯坦福大学三年级，那儿不像古老的‘我们在此’号。不过，明年夏天我就会接管生意。”

“你是说咱们的船？”

“当然。你等着瞧吧，我要拿你开刀，丹。等我接管了，我就让旧航线下岗，让你哭着喊着来求我。”

“我倒愿意试试。”丹说着，露出兄弟般的亲切笑容。哈维翻身下马，询问要不要进来坐一会儿。

“我坐电车来这儿就是为这个。不过，厨子在附近吗？总有一天，我会把那个疯厨子给扔进海里，都怪他那个该死的玩笑。”

这时，一阵低沉得意的笑声传了过来。“我们在此”号上的前厨子从大雾中走出来，牵住缰绳。他亲自照料哈维的一切，不允许任何人插手。

“和大浅滩的雾一样浓，对吧，大管家？”丹试图达成和解。

可是，这位黑得像煤球一样的凯尔特预言家认为直接回答并不合适。他用手拍了拍丹的肩膀，在他的耳边用沙哑的嗓音第20次重复了那句古老的预言。

“主人——仆人，仆人——主人，”他说，“丹·特鲁普，还记得我在‘我们在此’号上说过什么吗？”

“哦，我也不想否认，现在看来确实是这么回事。”丹说，“她是一艘高贵的船，总的来说，我欠她太多——这艘船和爸爸。”

“我也是。”哈维·切尼说。